跨越万水千山，只为与你在河湾里相遇。

谨以此书献给我深爱的家人和一起成长的朋友们。

河湾里

园 歌 著

上海文艺出版社

作者介绍：
园歌，本名王向军，外科医生。

序 一

李骏修

当我第一次拿到书稿时,正值席卷中华大地的新冠疫情阴霾逐渐消散,医务工作者再次成为全社会关注的焦点时期。他们既是临危不惧、救死扶伤的白衣天使,他们又是义无反顾、勇敢阻击新冠病毒的无名英雄,他们还是家庭中的丈夫妻子、父亲母亲亦或是子女。在这样的非常时期,看到作品的字里行间浮现出来的一个个似曾相识的医生护士的形象,我的心充满着感恩和崇敬之情。

这是一部讴歌新时代白衣天使、医者仁心的佳作,也是一幅描绘当下大城市医卫事业和医护人员生活的画卷。

在书中,作者向大家展示了一组医务工作者群体成长、成才的历程。他们经历了严苛的专业学习和临床训练,也经历了医院一线工作的紧张繁重与重重矛盾,在大灾大难面前,他们奋不顾身地走向最需要他们的地方。

在书中,作者塑造了这样一群青年医生,他们身处时代变革中的医卫行业,经历着社会变革带来的冲击,在履行医生职业赋予使命的同时,他们面对着市场化过程中的各种干扰诱惑,走向不同的人生命运。

在书中,作者以人文的视角将乡土文化与城市青年的发展有机联系起来。事实上,我们这个城市的居民,很多都来自农村,来自乡土。乡风民情、家教俗约都是人之初"根"的教育,它构成了我们灵魂的烙印。作者笔下的一个个人物对大自然的敬畏、对先祖列宗的孝敬、对家庭成员的关心,构成了他们大爱的家国情怀。

作者可以说是小说界的新人,教育界的熟人,医卫界的老人。他的跨界经历使自己拥有比较丰富的生活阅历,也使得新作饱含着浓郁的生活气息;他的好学博闻又使得小说中的许多细节,充满现实感。我期待着,他有更多的佳作呈现。

2020.3.24

序 二

张黎明

我的朋友圈里有不少作家,有些还是全国著名的作家,所以,他们经常会给我带来惊喜,使我有机会提前"享用"一些尚未正式出版的精神大餐。不过,农历庚子年给我送来第一份惊喜却是我的好友园歌,他带来了小说处女作《河湾里》,可他不是作家,而曾经是一位外科医生。他没有文学创作的专业背景,却在作品中倾注了太多太深的情感,这小说真可谓是他的一部"心作"。

这部长达16万字的小说跨越50载春秋岁月,以20世纪70年代至今多次历史变迁为大背景,讲述了一群年轻知识分子投身改革,融入改革,担当奉献的感人故事;讲述了一批批医学生刻苦学习,医者仁心,救死扶伤的成长故事;讲述了一家家普通百姓勤劳致富,生活变迁,至情至爱的鲜活故事。小说娓娓道来,真情流露,亲切自然,使人感同身受,就像是在叙述身边"你我他"的故事。

作者是位非常熟悉生活的人。他的作品语言简洁朴实,说的是"生活中的事",讲的是"老百姓的话";作品构思巧妙,情节跌宕起伏,引人入胜;小说结构严谨,人物刻画深刻,描述细腻清新,说理自然真实。就像故事主人公殷衡一样,平实而厚重。

作者是位有责任担当的人。他站在伟大时代变迁发展的历史交汇处,"用心"印烫着历史的印迹:出国浪潮、股市风暴、福利分房、医患关系、红包贿赂、扫黑除恶、神舟飞天、生态环境、计划生育、二孩政策、网上购物、科技更新……时代的脉搏在纸上跳动。

作者是位有大爱情怀的人。作品中他"用心"叙情说爱,有爱情,有亲情,有友情,有如同手足的兄弟情,也有养育之情、师徒之情。"山芋呼呼烫还流着黏手的汁,每次都是小妹先咬一口,自己再咬。""只要子女好,他们啥都可以放弃……这是殷家宅人的情怀,也是千千万万华夏儿女们的情怀。"这样的细节,读来无比温暖。

作者是位传承历史文化的人。小说中,他选了江南小村"殷家宅"和齐鲁大地"徐庄"来浓缩江南文化和中原文化的精髓。他"用心"描写了中元节祭祖的过程,介绍了敬酒举杯的标准手势;讲述了江南的四季时鲜,春天的马兰头、夏天的茭白和红菱、秋天的螺蛳以及冬天的山芋……就像费孝通先生在《乡土中国》里描绘的,和几百年前一样真实。

除了描绘景物，作者在讲述人生百态的同时，也不忘探索人生的轨迹和价值。小说中，人物的境遇和结局各不相同：周文的人生，私心太重；"猪头"的人生，缺少自律；秃头老吴的人生，另类；郭山的人生，单纯；景宫的人生，遗憾；徐氏兄弟的人生，叶落归根；眼镜老徐的人生，精明；童晓的人生，伟大，在大家的铭记中永生；殷衡的人生，则是纯粹。

作者是学医的，职业的习惯驱使他无时无刻地想着科普，情不自禁地在小说中说起医学常识和医院里那些事。从蛔虫钩虫病筛查到土霉素"治土"，从对"大体老师"的敬意到主任舔尿验病，从住院医生分类到科室设置，从呼吸机到腹腔镜的使用……福尔马林的气味浸入字里行间。作者认真地做起科普来，很"用心"。

由此，我认为小说《河湾里》是部讴歌伟大时代的新作，也是部向医务工作者致敬的力作。

中华民族是从苦难中走过来的。改革开放数十年间，有过三起重大公共卫生的紧急响应："非典"疫情、汶川地震和"新冠肺炎"。每一次，医务人员会冲在前面，逆行出征，白衣执甲，义无反顾。作者"用心"梳理起这几件重大公共卫生事件，一一展开。如果说"眼镜老徐是殷衡的碣石"，那他，早已成了同伴亲人同事朋友的碣石；而那些战斗在一线，为广大百姓民众撑起健康保护伞的白衣天使，早已成了人民健康事业的碣石和守护神。

序 三

朱林兴

园歌创作的小说《河湾里》2020年7月由上海文艺出版社出版,现校雠再印。可见它是一部文学性与思想性兼具的作品,深受读者的关注和好评。

《河湾里》故事的主要发生地为上海,以疫情肆虐、经济震荡、产业巨变的时代为背景,描写了主人公殷衡从宁谧淳朴的家乡河湾到金陵上大学学医,毕业后回到上海投身悬壶济世的伟大事业,彰显与讴歌了新时代背景下白衣天使勇于搏击风浪的高远情怀和崇高使命感。

小说的成功既有赖于作者紧贴时代,思想敏锐,医护主题"上接天下接地",是当今社会关注的重大题材之一;又有赖于作者独特的写作风格、写作技巧和优美的文字。概括而言,有以下几个特点:

"时代性"为《河湾里》的显著特点之一。它的时间跨度比较长,从二十世纪七八十年代,到众志成城团结抗疫的今天,恰恰也是改革生发到改革成果变现,社会主义体制日趋完善,党的领导日趋成熟,法治建设日益健全的时间段。通过小说我们看到,早期的河湾里还有蛔虫钩虫病,随着鱼塘养殖、酒厂扩张等情节的不断推进,河湾里的人们逐渐过上小康富裕的生活;而医疗环境和医疗体系的变革,从侧面反映一个个社会问题、民生问题。但作者对这些发展中的矛盾没有用冗长的篇幅去描绘,而是或作为事件穿插,或用史书"常事不书"的笔法点缀,既加快了小说节奏又增进了情节冲突。至于书中人物在股票购买、出国求学、商业贿赂面前全然不同的应对与选择,则充分体现了市场经济条件下,人们不同的追求,属于正常现象。笔墨虽然不多,但强化了小说的真实性和丰满感。

"全民性"是《河湾里》的另一显著特点。作者是一位上海本土文坛新兵,但他在教科文卫领域摸爬滚打多年,熟悉业务,了解人情世故,细于观察和思索,所以他在处理作品时,有别于纯文学的作者,而更侧重反映行业实际。在观照社会、观照矛盾方面,他既立足又超脱于上海,申城的医学院和医院里集聚着大批青年医学人才,他们来自不同地区,有不同生活习性和风俗习惯。他们往往如饥似渴地求知学医,其中不少成长为全身心从医、恩泽患者的医护人员。作者以老练流畅的笔触,生动朴实的文字,全景式地、鲜活地展现了他们真实的工作场景和充满烟火气息的生活。由近观之,他们身上都带有各自本土的烙印;由远观之,他们的形象以及他们在关键时期体现出的热忱和家国情怀，又何尝不是全国广大医务工作者的缩影。

"普适性"是《河湾里》又一个显著特点。这本书涉及到富贵、小康、平凡等不同人生状态，写尽人世的高低起伏、兜兜转转。书中大部分都是普通人，其中塑造的一些形象，读者可能感觉似曾相识，他们鲜活得如同就在身边。综观海派文学，总离不开"都市""资产阶级""小资"这些关键词，它们以固有的视野选取特定人群，制造绝对性的地域偏差，有的甚至让海派文学陷入窠臼，徒生藩篱，日渐衰弱。然而一座城市里，真正纸醉金迷、灯红酒绿的生活方式可能只存在荧幕故事里，大部分普通人还是遵循着日出而作、日落而息的生活规律。作者园歌打破了海派文学的固有印象，他完全立足于社会主义当代现实、当今现实，塑造了一群本真的人，他用朴实的语言，讲述了"老百姓的故事"，使作品的可读性大大增加。当代文学作品敢于思考和批判社会的同时，而又不脱离实际的，可谓凤毛麟角。

《河湾里》还注重"创造性"。作者创造性地延续并拓展海派乡土文学流派，作品具有浓浓的乡土气息，也得以让广大读者正视上海的另一个面貌。作者从节庆、祭祖、返乡、探亲、饮食等方面具体描绘了上海乡村特有的景象与人文，并在蛔虫钩虫病治疗、渔业养殖等事件中穿插了乡土文化的变与不变，通过小说中的细节，读者能够管窥作者为我们展现的乡村文化画卷，美好而醇厚，颇具情怀，作品寄托了作者深挚的热爱，这也是作者大爱胸怀、家国情怀的根基。

《河湾里》通过赞美人来讴歌时代，用草蛇灰线的叙事手法从"家园情怀"不知不觉上升至"家国情怀"，这些医务工作者人生百态的高潮，体现在他们面对艰难险阻、无畏前行的行动中，究其根源，是他们立足的"根"——这片深厚土壤。河湾里的"碣石"矗立在东海边，历经白云苍狗，始终守卫这一片乡土乡音；河湾里的人们，努力使自己成为守护人民的"碣石"，守卫这片土地，守卫自己的国家。这才是《河湾里》作为海派文学依然坚持乡土性的真正意义。

文学作品的生命在于，以精妙布局和灿烂文笔，贴近时代、抒写时代、讴歌时代。从这个意义上说，《河湾里》称得上是一部精品佳作。由此，我这个不谙文学之人，愿以浅陋之识为之序。

作者系中共上海市委党校教授

2020 年 11 月 30 日　苦乐斋

第一章

村落,靠海。传说村里有块神奇的碣石。

当年,秦始皇送五百童男童女下东海,去寻找长生不老药,站在石头上眺望,累了就坐在了石头上。自此,那枚碣石也就有了灵性。有了灵性的碣石,后人不再能窥见,也不曾离开过这个村落。

沧海桑田,村落人口逐渐繁衍,以殷姓和季姓两大姓为主,殷家子孙满堂,男孩较多;季家虽也不凋不零,似乎总比殷家少了点壮汉。

那年秋收后,殷家和季家两位老大一起推牌九。厚实的32张牌九,砌成两排,赌注不限。季家东家手气不壮,输给了殷家。村落就正式命名:殷家宅。守护碣石也成了殷家最大秘密。

那年,季家东家输牌后一气之下,召集族人歃血盟誓,宣布殷季两家不得通婚。

几百年后,"东方红、太阳升"的歌曲传遍神州大地……"伟大领袖毛主席指引我们向前进……",歌声在村落里传唱了好多年。那一年,殷家小子殷衡拖着妹子,背着书包,右手提着用粗黄的草纸包成的四角包一路小赶往学校去。近期,好多小朋友得了蛔虫病。学校老师要求所有学生要将自己的大便包好后,送到学校卫生室,筛查蛔虫钩虫病。有交了的,发两颗宝塔糖。殷衡因为没交,已经拖了两天了,宝塔糖也没吃到。每次拉完屎,都被季家那头大狗冲过来吃了。吃完了眼珠还直勾勾地盯着手指,恨不得再上去舔舔。"都怪季家的那只大黄狗,等有机会宰了炖狗肉吃。"殷衡嘴里咕哝了几句。

下课前,老师专门表扬了殷衡,还发给他两个宝塔糖。这两颗宝塔糖已经让他羡慕了好一阵子呢。他小心翼翼地撕下作业本的最后一张纸,包好放进裤兜里,准备回家给小妹一颗。校门口,来接季家大妞季萌的大黄狗正襟危坐地等着,两眼死死盯住走出来的每一个女学生。突然,大黄狗看到了殷衡,有点小激动地抽了抽鼻子,可是身子没动,坐在地上,慢慢移走目光,继续找寻它的主人。殷衡悄悄从地上捡起来一块小石头,准备偷袭一下大黄狗。突然,大黄狗直立起来,嘴巴和舌头快速有节奏地一张一合。远处,传来金铃般的呼唤:"骏哥、骏哥",大黄狗瞬间飞扑上去。循着呼唤声,殷衡转头望去,手上的小石头随着手掌的张开,顺势掉在了地上。

大黄狗围着季萌跑前跑后，欢畅无比，还不忘看一眼殷衡。季萌顺着骏哥的眼光回看了一眼身后不远处的殷衡，他浑身透着灵气，鼻钩下方还有涕痕，一副贼特兮兮的眼神。这是他们俩第一次对眼，那一年殷衡十二岁，季萌十岁。炊烟袅袅，笼罩村落。日子过得不紧不慢、不咸不淡。有天晚上，季父和媳妇聊天，"咱村里的灵石不知道转世了没有，听老一辈说，灵石转世天地会有异象。"季母有一搭没一搭地回道："那灵石一直殷家看护着，要转也是转到他们殷家子孙辈。都老死不相往来几辈子了，提这个干啥？"那年冬天，村里的一湾湖水一直满满盈盈的，不干不溢，还能见到五六斤大的鲤鱼跃出水面，朝着村东的殷家跳跃。鲤鱼跳龙门，好兆头啊，殷家要出状元了，最近村里一直在传着。

神秘的村庄一直有神秘的故事在流传，几百年都是这样。次年夏天，炎炎森森，西瓜长势特别好，沙甜多汁；黄桃也个个饱满的像刚哺乳的奶子，谁见了都想亲上一口。村庄里突然传出一个大喜讯，殷衡高考中了，天开眼了，几百年第一个状元及第啊，灵石转世啦。

殷家在村里毕竟是大家望族，儿子高考上榜宴请邻里也是常情。季家全家应邀参加，季萌已经出落得水灵，用零钱到新华书店去买了一本红色绣面的日记本，作为礼物送给那个小哥哥，当然也是希望自己的礼物能让小哥哥天天带在身边，想着想着便低下了头，满面霞飞。季萌原本惦记如何将礼物送出去，虽然宴席上送礼、敬酒的很多，而担忧自然是不必要的，两人只需对眼几秒。

人生总有很多回忆是挥之不去的，金陵的青春记忆就像五彩斑斓的花束，散发着淡雅的馨香，殷衡曾小心翼翼地将它们修剪成干枝夹在这红色绣面的日记本里存放多年，可惜里面没有季萌的。

很久以后，殷衡酒后和兄弟们狠狠地说道："谁的青春没有泪和遗憾，即使有重新选择的机会，我仍不改初衷。我喜欢自己曾经努力的样子，那些泪与欢笑日子，在我心里永远熠熠生辉。"在金陵的五年大学生涯里，村落里没人知道殷衡经历了什么，他快活、快乐过，他痛苦、痛哭过，不过回来仍少年，意气风发。

那些年，季萌正憋着一口气，秉烛夜读，一定要成为小哥哥的同行。

第二章

九月份开学的那一天,殷衡怀揣着家里给的几千块钱,一个人拖着沉重的行李坐上了客车,奔向了那个陌生而又新奇的城市。

车终于到站了,大包小卷的行李刚拿下来,他就听到:"我来帮你吧。"一个白裙子长发姑娘落落大方地出现在面前,用带有莫愁湖畔般柔美的语调笑吟吟地说:"医大新生吧,我也是,年级主任秦老师让我来接站的。"殷衡连连回应道:"是,是,谢谢,谢谢。"第一次见到如此清新可人的女生,人美、声音好听,而且还是同学,殷衡真的如入幻境。

女生上前帮忙将拉杆箱拖着,一起上了迎接新生的大巴士。她再次开口笑着说:"自己找位置坐吧,我还要回去接其他新生,我叫景宫。""哦,我叫……"来不及了,叫景宫的女生下车飘然而去,她是本地生,学校通知提前一周报到,迎接新生。殷衡后悔死了,心想,下次见到她一定要主动上去搭讪。

开学后,殷衡有点迷茫。一个人在金陵的大学生活开始了,这个城市满目古迹、满街梧桐、满眼美女,校园里也是。他一个人站在寝室阳台上,闭起眼睛深深吸了一口气,仿佛是要将琳琅满目、花花世界、天地灵气全部吸进肺里面。吸满气的肺鼓起来了,面色红润了,整个人也充满了灵气。"老子一定要在这金陵混出个模样来。"心中嘀咕着,下面的那个老二也不由自主地昂首挺胸,撑了起来。自从高一那年第一次遗精后,每到给自己暗暗鼓劲的时候,下身也默契地呼应一下,就像有的人会捏紧拳头、咬着牙一样"嘿"一声。

接下来就是艰苦和难忘的军训生活。新生们穿着深蓝的运动衫和运动裤,侧面还有两条白色的衣襟,在大太阳下,很耀眼。男生们整齐划一地练军姿,踢着正步。每当有女生走过,还会不由自主地行注目礼,比教官的口令还管用。一周后,白色的衣襟变黄变灰,不再有光泽了,新生的脸庞变黑变粗糙起来。每人两套运动衫裤,一天下来要湿透几次,男生的脏衣裤总是在自来水里捞一下,湿哒哒地晾起来,算是洗好了,没几个人会用洗衣粉一本正经搓的,穿起来皱巴巴,有股肥皂和酸味。

这段时间殷衡和班上的同学开始熟悉起来,同一寝室有王华、马骏、朱一环还有郭山。分别来自湖南、四川、陕西和本地,申城来的就他一个。管他是申城市区还是郊区殷家宅，只要是来自申城的，同学老师们还是会另眼相看，目光变柔和些，还有那么点羡慕。

五湖四海的室友，普通话也都带有家乡口音，不过大多兴趣广泛，性格开朗，有着很多共同的话题。夜晚在查寝室老师走后，经常交流些风土人情、早恋故事，顺便点评点评班级里、年级里哪个女生好看，哪个女生有气质。每次室友聊起景宜时，殷衡就竖起耳朵，一字不落地全听进去了。听进去了，就会遐想，一会儿和景宜一起散步、一会儿和景宜一起自修……想着想着就含笑睡着了。

平时一个寝室五个同学总是一起出出进进，有说有笑。

军训生活的结束要比期望的早，心还在操场上、靶场上，还在扯着大嗓门练"首长好""为人民服务"时，一场检阅就宣布结束了。

最后的检阅是重头戏，也是要评分公示的，大家格外上心。可真到了上场表现时还是会洋相百出。旁边的郭山踢正步时同手同脚毛病又犯了，平时教官纠正过好多次。今天经过司令台，这家伙突然就狠命地甩手臂，砸了殷衡的右手好几次，可恨的是，这臭家伙左手腕上还带了块老爸出国买回来的日本精工表。殷衡揉了揉右手背划出血的伤口，一脸无可奈何。

和大多数同学一样，殷衡十一国庆不考虑回家了，一来假期短、交通不方便；还有就是要相约和室友一起，去玄武湖、鸡鸣寺、中山陵等周边逛逛，偌大的金陵对来自各地的新生们透着神秘和诱惑。同寝室的朱一环神秘兮兮地告诉室友，医学伦理学选修课上，景宫的闺密童晓在砸吧砸吧地说，国庆节她们同寝室的女生也要去玄武湖游玩。

前几天，殷衡到花园路旧货市场花100元买了一辆旧自行车，七成新，大学生都喜欢去这种地下车市淘自行车。精瘦精瘦的二手老板信誓旦旦地说："这车绝对不是在市区捡到的，放心骑，车主不会找到。"边说还边拍着排骨一样的胸脯。随后，给自行车新装了一个车篮和一把链子锁，讨价还价又多花了30元。

国庆假期如约而至，在清晨一缕阳光下，同寝室的五个兄弟各自骑着自行车奔向目的地。凉风从耳边吹过，似乎已经将炎炎夏日驱走了，今天是个好日子。

金陵的玄武湖东枕紫金山，西靠明城墙，是中国最大的皇家园林湖泊，也是国内仅存的江南皇家园林，被誉为"金陵明珠"，历代文人骚客、政要名流都曾在此留下身影，被后人传为美谈。

一群女生早已在樱洲的草坪上席地而坐，叽叽喳喳、嘻嘻哈哈地聊着天。看到男生们，高兴地挥手召唤。殷衡一眼就看到穿着一袭杏黄连衣裙的景宫，在绿树茵草中，那么迷人秀丽。景宫也看到了殷衡，这次倒是挺仔细地上下打量着——他个子不高,结实灵活,满身活力,说话时嘴角还略微上翘,一双眼睛黑亮,炯炯有神。

租船游湖自行组合,女生一艘,男生一艘。王华、马骏跳起来说:"换两个、换两个,我们俩帮女生划船。"两个女生换过来坐到了男生的船上,其中就有景宫和童晓。殷衡用自以为掩饰得很好的目光觑着景宫,看着景宫一颦一笑,捉水弄水。"这就是传说中的西子吗?"他自言自语道。

湖边,一个男孩正在挥手,仿佛就是朝着这艘船的,手里还拎着一个野餐篮子。男孩极高,足足有一米九,篮球运动员的身材,一身休闲西装,气质文雅。景宫也在挥手,满面笑容地挥手。

船靠岸后,景宫急切切地上去挽住男孩手臂,骄傲地告诉大家:"他是我的男朋友,叫滕飞,我们是初中、高中的同学。"滕飞现在在申城名校读书,大学篮球队的绝对主力,父亲是医大的诊断学教授,这次国庆假期专程回来探望景宫的。

一篮子美食一会儿就分食了,有殷衡从来没有吃到过的奶酪、果酱。大家三三两两地坐在草坪上聊天。殷衡的情绪,完全跌入冰窟,不敢再看一眼这对郎才女貌、青梅竹马的情侣。景宫一直在介绍滕飞,说滕飞在高中篮球队怎么怎么厉害,旁边的女孩子听得崇拜不已。

后面的活动,殷衡浑浑噩噩,不知道怎么度过的,倒是景宫的闺密童晓,拿了两根冰棍过来,和他一起吃了。

出公园大门，一辆桑塔纳轿车停在门口，滕飞拉着景宫上车去了。殷衡很无趣地去推那辆二手自行车，猛然发现滕飞就在身后，殷衡有些尴尬地站起来，礼貌地向他打了个招呼。滕飞凑上前去，在他耳边说道："这辆自行车是我家小妹的，你看飞跃牌Y两边还是我帮忙贴的一对翅膀。"说完，转身很优雅地走了，留下一股BOSS香水的味道，慢慢消失在空气中。

第三章

那晚,殷衡躺在寝室的床上辗转反侧,一夜未眠。

十九岁,一人在外,第一次有了种孤独和挫败的感觉。这里和河湾殷家宅是完全不同的世界。

河湾有亲人、族人,有事大家照应着。家里大人不在,可以到大伯、二伯家吃饭,也可以和同辈的兄弟姐妹一起玩耍;爸妈打了骂了,老辈们马上会出来护犊子。金陵只认成功者,有了委屈找不到人诉说,不可以哭、不可以嚷嚷。

忽然发现,他来金陵已经一个多月了,还没给家里写信,没给爸妈问候一声,报个平安。临走时妹子说想要一套金陵明信片,这时候才想起来,明天这些事情都要做。

那晚,他突然想起季萌,依稀记得家宴那天,她在自己手里塞了一本日记本。他翻身起床,在箱子里翻找。红色绣面的日记本在箱子底下,崭新带着油墨的清香,就像河湾深秋清晨的味道。从小学、初中到高中,每天清晨太阳刚露脸时,他就会带着妹子,闻着那股味道,从蜿蜒的乡间小路走到学校。村里的小喇叭有段时间一直放着:"我们唱着春天的故事,改革开放富起来……"

夜光下,翻开日记本,里面每一页都干净、洁白,纸张厚实、光滑,没有一个字。他也想起了季萌的大黄狗。那只大黄狗在一天下午吃了路口酒厂的几个混混扔给它的饭团后,拼命狂奔,扑到河里翻腾了好一阵子,咽气了。混混们捞起大黄狗,拖进厂里。他当时捡起砖头,冲进厂里找他们算账,被那帮混混们扔了出来。砖头没砸到人,自己还挨了一拳,鼻子出了很多血,纽扣也掉了几颗。晚上,殷父以为儿子在学校和人打架,抄起扫帚柄抽了他好几下。

以后,大黄狗就再也没来找过他,没人再见过。后来几天,他还悄悄地在校门口瞅着季萌,看着她满眼泪水焦急地在校门口寻找,轻轻叫着"骏哥、骏哥"。几次都想冲上前去告诉她,不过最后他还是没有说,说了也没啥用。

东方将白,天快亮了。殷衡抱着红色绣面的日记本,痴痴地发呆。他此时清楚地知道,自己想家了,特别想家。

医大一年级在基础医学部上课,有七八门课程,有机化学、高等函数、计算机、英语等公共课程不少,专业课也很多,如人体解剖学、诊断学、生理学、医学伦理学等,满满当当。每天穿梭在教室宿舍间,日子忙忙碌碌。晚饭后,还可以去操场上踢会儿足球。殷衡没去选篮球，每次看到篮球场上挥汗的、呐喊的，他都别过头去，装作没兴趣。那些个高个子篮球队员耀武扬威，都和滕飞一样骄傲。他自然会选足球，理由也很简单，个子不高可以踢后卫。周末，也和寝室的兄弟们去夫子庙逛一圈，找个排档吹啤酒吃烤串。

大学公费生学校每月都有补贴，不多，30元。从家里带来的钱，交了书本费、伙食费，再买了些衣服和鞋子，后来又买了一部随身听用来播放磁带学习英语，还有一本盗版的牛津词典，七七八八的坚持到学期末还是勉强够的。上次，殷父来信问生活费够不够，他回信说够了。殷父来信告诉他，村里要承包十五亩鱼塘，每年租金两万元，他打算去和季村长谈谈。家里每年从农田里扒出来的收入本来就不多，儿子读大学后，家里支出增加好多，经济一下窘迫了起来。

很快，期末考试来了，在大学只有考试前才能感觉到紧张的学习氛围。医大的校园突然之间变得安静下来，氛围也严肃了，阶梯教室、图书馆都是埋头啃书的学生，连操场边、树林角落里也有拿着厚厚的书本，拼命背书的同学。一个寝室的五位兄弟，不再一起躺在床上海阔天空地聊天了。王华和朱一环都是中午去教室，凌晨二三点回来；马骏倒是挺正常的，天天八点半去教室，晚上十二点回寝室。郭山索性住到离学校不远的姑妈家复习功课了。殷衡还是保持高中时的作息，六点起床，九点睡觉。大家都努力地复习着，考试一门一门来了。

校园里突然传来惊天凶杀案。那晚，大二的林某在树林里被杀了，尸体在第二天早上被清洁工发现。马上，校园里来了很多警车和穿着制服的警察，小树林拉起了警戒线。那天蓝白色的警戒线在师生心里拉了很多年，没人轻易会走进去。

传闻很多，有说凶杀的，有说情杀的，也有说奸杀的，校园瞬间弥漫着恐怖的阴影。女生白天走路都草木皆兵，晚上更是不敢下宿舍楼。

年级主任秦老师开始担忧起来。不知哪个学生干部提出了"一对一帮扶"的主意，估计这家伙有暗恋的女生，肯定有。这个主意一经宣布，无论男生还是女生都举双手赞成。然后就是一一组合。

殷衡居然和景宫分为一组，而且是景宫提出来的。想想也是，一个女神，公开有男友的女生，觊觎的男生都会望而却步。何况男友还是学校大教授的儿子、大帅哥，没有哪个男生会主动提出去做跑龙套的配角。帮扶组合要维持到学期结束，十天。

凶杀案拖了很多年很多年，直至庚子年那场新冠肺炎疫情来了才告破。

第四章

金陵的寒冬,北风凌厉,大雪纷飞。殷衡穿着殷母寄来的滑雪衫,厚实保暖。不过脚冷是趟不过去的,殷母寄来的老棉鞋他犹豫了几天,还是没好意思拿出来穿,这里没有一个同学会穿老棉鞋,太土气。前几天去百货商店买了一双奇安特运动鞋,轻便、洋气,但不是很保暖。教室里没有暖气,空调也是不会有的。大家一边复习一边跺着脚。坐在景宫旁边,殷衡脚跺得轻多了,几乎就是用脚尖在地上点点,不停地点点。

以前在河湾里的殷家宅,冬天湿冷,霜降一到大人们就会让小孩穿上老棉鞋,老人们也早早地换上了。女人们用织布机织出来的老布料做衣服,做被面,裁下来的边角料收集起来,涂抹上米糊,一层层粘好,晒干后开始纳鞋底。纳鞋底的功力坊间是有评说的。殷母和季母两人一直是殷家宅村民们口中的榜样。

晚上，殷衡和小妹一起做作业，每人会踩着一个暖脚炉。脚炉是纯铜打造的，圆圆的，十来厘米高，盖子上有许多洞洞眼，脚炉外边一层褐褐的铜锈，有些年岁了。殷母从灶肚子里掏出烧了一半多的炭火，用火钳夹出来放进铜脚炉，将热乎乎的铜脚炉放到兄妹两个脚下。暖气从脚底升腾起来，把兄妹俩湿腻腻的老棉鞋烘干了。脚上有冻疮的小妹会把鞋子袜子都脱了，抓挠个不停，嘴里一个劲地喊痒。这时候，殷母会坐在旁边纳鞋底，看着八仙桌上的两兄妹低头做作业，房间里亮堂而暖和。

每天，殷衡都准时去女生宿舍楼接景宫，然后一起去教室复习，中午一起去食堂吃午饭。医大食堂有几个，其中大部分同学会选择大食堂，人多价格便宜。不过窗口打菜师傅的水平也是绝对高超，明明一大勺子的土豆烧肉，在边问边抖中，盛到碗里只有三四块肉，其他全是土豆了。听高年级师兄们说，医大食堂还有一句典故："除了土豆不刮皮，其他都刮皮。"事实真是如此。

考试很紧张，除了复习、陪送外，天寒地冻的，其他娱乐活动也都取消了。自从上次在玄武湖公园和滕飞打过交道后，殷衡现在都尽心尽责、规规矩矩地护送景宫，不敢越雷池半步。原本有的一些小心思、小想法，随着寒冬，一并冷藏了起来。

隔壁寝室的秃头老吴，天天坚持晚自修后洗冷水澡。洗就洗呗,天寒地冻的,男生们都认怂,不过也没必要每次浇冷水时发出杀猪般的嚎叫,那叫声传到女生耳朵里就变成了惨叫,惨叫声传得很远,路上的女生都会不由自主地打个哆嗦。那晚,有个女生听到嚎叫声后,突然尖叫一声,随后身边一群女生立马慌里慌张地跑了起来,护送的男生立即张开双臂保护起了女生。景宫也在人群中,已经吓得面无血色,一下子躲到了殷衡的怀里。

很快期末考完,大学的第一个寒假也来了。

那天下午的鹅毛大雪,大片大片从天上洒下来,漫天飞舞,有着淹没一切的汹涌,秃树枝丫间、行人肩帽上,白茫茫、模糊糊。在河湾里是见不到这样大雪的。河湾的雪,白天下,晚上就变泥泞了;要半夜里偷偷地下,第二天才会见到积雪,积雪有点硬,像冰碴子。

殷衡打着黑色的雨伞,送景宫去汽车站。

景宫穿得严严实实,一条大红的围巾把嘴和鼻子都捂了起来,戴了副小巧的皮手套,右肩背着包。殷衡在左侧迎着风雪打着黑雨伞,一会儿左肩和半边衣裤上全是雪。两人一路无语,走到汽车站后,景宫猛然回头看着已经成了半个雪人的殷衡揶揄道:"谢谢你这两天保护我,你家地址能给我吗?我们寒假写写信吧。"

殷衡有点慌乱地说道:"哦……忘带纸了,怎么办?"

景宫脱下皮手套伸出白净的手道:"没事,我有笔,你就写在我手心吧。"

殷衡已经整理好了行囊,准备乘坐晚上的火车回申城,绿皮火车要走七八个小时,估摸着第二天早晨才到申城站。发小阿六头高中毕业后,进了村里唯一的国有企业——罗汉酒厂做账务。他借了厂子里的那辆桑塔纳来接村里的高才生。申城站开车回河湾里要三个多小时呢。

离家三个月后,殷衡回到了村落。从金陵回来,他思量着要重新看看村落,这个他非常思念的家乡。他一个人前前后后,穿街走巷,踏遍殷家宅。村庄不大,几十来户人家,殷姓大多居住在东面,季姓靠西,中间一条五米宽的河流相隔,河的一头蜿蜿蜒蜒通向大海。河上有三座桥连接村庄的东西,中间一座石桥有些年份,拱形石板桥面,花岗岩的石板桥面已经磨得光滑照人,不能通车;南北两座平整的水泥新桥,估摸着是七八十年代修建的,可以双车交换。石板拱桥和北桥中间的河流像个胆囊一样向东边凸出来,就是河湾。河湾水面很宽,有十几亩,河水平静、清澈。殷父家就在河湾入口处的南岸,西北两面环水。房子是三开间,正南面一间小屋作为厨房,中间是水泥天井,很宽敞。

临近春节,年货准备了不少,一只带蹄的猪后腿挂在屋檐下,一大缸黑背河鲫鱼放在天井角落里,七八只鸡鸭关在笼子里。

殷父正在将浸了好几天的老笋捞出来,一刀一刀仔仔细细地切丝，笋丝黄嫩，切得一般粗细；放个三五斤五花肉炖笋丝，一家人可以吃到正月半。

殷母和隔壁的妯娌们正在厨房做方糕。妇女们分工有序，小妹也在一旁搭个手。她们将糯米、粳米掺和着淘净，上磨磨成镶粉，用细眼罗筛一遍遍筛，做成糕粉。旁边放的蒸格也有些年份了，筛入糕粉、填入用赤豆沙、白糖、猪油制成的甜馅；再在上面筛一层薄薄的糕粉刮平；按框架上标志，横、直各划三刀，割成十六块糕坯，连同蒸格放入笼内，上锅蒸十来分钟后，方糕就熟了。

方糕是正宗的河湾土产小吃，家家户户过年都要做。糯米做的外皮，咬一口，香香糯糯的，馅甜得恰到好处，一点也不粘牙。甜馅料有很多种，芝麻、枣泥还有桂花等，今年殷母用的是猪油红豆沙的馅料。

一会儿，季萌拿了一板方糕过来，说是季母嘱咐让殷家兄妹尝尝枣泥馅的。她在天井里和殷衡打了个招呼，欲言又止，羞答答地走了。殷衡看着她的背影，有点走神。

见院子里大家忙忙碌碌的，也插不上手，殷衡就去二叔家找阿六头。二叔家就在东南面，走过去五分钟。阿六头一早就出门了，年底酒厂财务很忙，需要提前置办好年货，还要陪着厂长一家家送。镇领导、派出所、税务所、财政所的都是不能少的。晚上，阿六头也给季村长和殷父家各送了一份。年货还挺丰富的，一条海鳗干足足有一米多长，一只金华火腿、几包黑木耳、香菇、开心果、瓜子,还有一坛十年陈五斤装的罗汉酒。阿六头醉醺醺地给殷父兜着中华香烟,寒暄着,说这些年货是厂长的一点心意。喝了几口大陶瓷缸泡的滇红梗茶后,与殷衡闲聊一会儿,也就一脚高一脚低地回家睡觉去了。

殷衡回来河湾已经两个多星期了,天天睡觉闲逛,偶尔也帮忙做点家务,譬如生个煤饼炉子、泡个热水啥的。镇上的邮局倒是天天下午三点要去一回,看看有没有自己的信件,也想着等景宫写给自己的信。期末考成绩出来了,没有挂科,不过有几门功课都刚上六十分线,不好意思给父母看。景宫的信没有收到,他心想:"可能还耽搁在路上吧,应该会来的。"

除夕夜,吃百家,是河湾的风俗。

年夜饭,是在祭拜好祖宗后开始的,约莫下午四点左右,一直吃到看春晚。左邻右舍的小伙伴们三三两两地过来串门敬年酒、吃糖果,这些年一直如此。

听完央视《春的祝贺》后,殷衡居然在沙发上睡着了。睡到半夜,外面高升鞭炮铺天盖地响彻世界。殷父拿着八只高升、两串五千响的鞭炮出门。殷衡揉了揉眼睛,一起出门帮着殷父点炮仗。八只高升十六响、两串鞭炮一万响,"步步高升、黄金万两",殷父嘴里念叨着,希望新的一年承包的鱼塘能赚钱,当然更希望自己的儿子今后能步步高升、光宗耀祖。

初一大早,殷母在天井里嚷着,让儿子女儿快起来打井水洗脸,然后一家人一起喝蜜枣糖水,吃方糕,这是风俗,希望一家人"甜甜蜜蜜、高高兴兴"的意思。新年从满是口彩的第一顿早餐开始了。初五邮局上班后,殷衡照例天天去等那封信。正月十五一过,算是过完新年了。直至开学来临,出门回校那天,那封信也没等来。临上车时,他郑重地交代小妹,如果有他的信,一定要套个信封寄到医大来。

回寝室,五个室友有三个先到了。郭山家住本地,应该不会提前到。王华、马骏和朱一环都是前一天回校的,带了很多家乡的年货。晚上,四个人悄悄拿出电炉,煮了满满一大锅腊肉白菜炖粉条。朱一环兴冲冲地出门,从小卖部搬了两箱啤酒,顺便去了趟女生宿舍。一会儿女生寝室的童晓、鲁菲和林逸凡兴奋地推门进来。那晚,六七个人喝光了二十四瓶啤酒,一起唱着毛宁的《涛声依旧》。殷衡喝得满脸通红,不过到底也没从童晓口中听到景宫的消息。

第五章

校园凶杀案终究像春节燃放完的炮仗一样,无声无息地被扔到了角落里,帮扶组合自然也就散了,第二学期就这样没有任何仪式开始了。

课堂,校园,食堂里都没见到景宫的影子。

开学三天后,一辆黑色桑塔纳将景宫送回了学校。见到殷衡时,景宫满面春风地说道:"春节我们几家人去海南岛了,原本想给你写信的,后来也没写成。"殷衡连忙回道:"没事、没事。"

医大的功课很多,学业紧张。高中同学来信,交流大学生活时,殷衡感觉自己仍然在上高中,厚厚的书一本一本地背,考试一门一门地过。学校开始要求学生每天早锻炼打卡了,睡懒觉、逃课的机会少了。

那天,在校门口的汽车站,一辆公交车"嘎吱"一声停了下来,冲出一个社会青年,抓了个深红的女士背包往前面狂奔,背后一群人在喊:"抓小偷、抓小偷。"殷衡正巧回校刚到校门口,见状拔腿就追;旁边戴着厚厚玻璃眼镜的男生,扔掉手上的行李袋也跟着一起追,两人一前一后死死咬住前面的小偷,追出很远,一直追到小偷扔下了背包,不要命地去穿熙熙攘攘的大马路。眼镜男生从后面拉住殷衡说:"兄弟,别追了。再追,这家伙要被车撞死了。"

两人还给人家背包后,一起进了校园。眼镜男生告诉殷衡说,他也是医大的,三年级学生,以后肯定会见面的。

这所学校早年是民国军医大学,历史上出过很多名人。名人中有很多喜欢运动、艺术、辩论的,所以,医大学生课外活动也保持了这些传统和氛围。每年上半年是校园足球比赛,五个年级分别组队,捉对厮杀,最后按照积分高低排名。赛制和积分规则完全与国际接轨,抽签决定对手,胜者得三分、平局各得一分、负者不得分。

一年级足球队公开选拔,殷衡出任主力后卫当仁不让。第一场输给了五年级,第二场和四年级打平手,第三场胜了二年级,已经积四分了,这个周末是对阵三年级,也是最后一场,若打平就稳进前三了。

年级主任秦正明很兴奋,他是去年刚从这个学校毕业,留校当了年级主任。带比自己小四五岁的新生很有沉浸式的互动感,火热的大学生涯对他来说还没结束呢。他一会儿忙着布置女生啦啦队,一会儿又去充当领队亲自督训,甚至还派学生干部去打探三年级的训练情况，有哪些主力队员。

其实，三年级已经进入临床一年了，平时分散住在五六家附属医院。队长朱晓东是愣头青，估计发青春痘时喜欢抠自己的脸，额头上都是坑坑洼洼。他是医大朱副校长的儿子，这位副校长热衷于将儿子培养成为学生干部，亲自给年级主任打招呼，让儿子当上了年级学生会主席。因此，朱晓东在年级里混得风生水起，不过名声有点不好，背后大家都叫他"猪头"。"猪头"平时喜欢踢足球，还喜欢当前锋。每次比赛，一帮小兄弟拼命给他喂球。这帮师兄们周末也会凑个七零八落地来基础部抢场子踢足球，已经和一二年级的师弟们多次起过冲突了。

周日下午，阳光灿烂。三年级足球队穿得齐刷刷，在"猪头"的带领下，进驻足球场。一年级足球队可没那么神气，运动装有点杂乱，有几个人还没穿足球鞋，其中就有殷衡。选边后，三年级以三四三阵型首发，"猪头"站在场中间傲视全场，旁边两个兄弟虎视眈眈，准备联手给新生来个下马威；一年级以四四二阵型首发，明显想加强中场，扛住第一轮的冲击。

开场哨响起，2分钟后，"猪头"快速绕过对方几名球员，无球突入对方后场，左侧队友一脚高球传给他。没待球停稳，殷衡一个箭步飞奔上去，抢起右脚把球开远了。无功而返的"猪头"有点不甘心，回撤几步后，又是无球突入对方弧圈顶。右侧小兄弟一路带球过来，下底传中。"猪头"用胸口一停，没待球落地，又被人给抢先出脚，球直直地被踢回了中场。这回"猪头"有点冒火，又是这个中后卫。嘴里骂了一声，吐了口痰在草地上，悻悻地跑回去。双方来回攻防数次，机会都不多，上半场双方无果而终。

中场时，年级主任秦老师头头是道地分析："三年级都是围着朱晓东在打，攻击点不多，我们还是坚持防守反击。"最后，他建议中后卫殷衡可以前突到中场，看死"猪头"。

下半场开始后，"猪头"自己带球一路狂奔，两旁兄弟帮他堵人。带球冲到对方后场后，准备一个盘带人球分过，晃过中后卫。哪里知道，殷衡反应灵敏，"猪头"人是过去了，球却留在了殷衡脚下。队友们一见到殷衡拿球后，马上晃开对手，全线压上去。只见殷衡一个长传，那前锋找了一个很好的位子，很顺利地拿球，乘着对方后方空虚，左右一晃骗过守门员，轻轻一推，球应声入网。只听见看台上传来一年级的啦啦队热烈的掌声、欢呼声，响彻云霄。一身运动装的童晓最为卖力。

垂头丧气的"猪头"慢慢跑回中场发球点，擦肩而过时狠狠地瞪了一眼殷衡。

后面的比赛火药味十足，冲撞不断。在最后五分钟时，"猪头"再次带球突入对方禁区。这回不是人球分过，而是球先停下，人一下子冲上去把殷衡铲翻，然后跑回来拿球后，转身射门，球进了。裁判一个长哨，判进球有效。全场沸腾了，一年级队员全部围上去找裁判，三年级队员围着圈护着"猪头"。看台上，一年级啦啦队也火力全开，指责"猪头"，骂裁判。

殷衡仰面躺在草坪上，右小腿火辣辣地疼，一时半会儿站不起来。当队友们将殷衡扶到场外时，童晓已经从看台上泪盈盈地冲了下来，一个劲地问："腿没事吧，怎么样啊，怎么样啊？"

当童晓搀扶着殷衡回寝室时，女生宿舍门口，滕飞一身黑衣，精神地站着，景宫和他保持着半米的距离，两个人都低着头说着话。

童晓一路上问这问那，殷衡翘着右脚一跳一跳地上楼回到310寝室。童晓顺手拿起脸盆毛巾去盥洗间，打来冷水，绞了一把冷毛巾，敷在了殷衡右腿肚子上，右腿上几颗鞋钉印清晰可见。后来，童晓进男生310寝室便成了家常便饭，也和殷衡成了好朋友。

一年级新生如愿夺得本届医大足球赛的第二名，五年级第一名。殷衡一战成名，校园里基础部的同学也都认识了他。

校园艺术节上，童晓和景宫一对闺密合作表演了一曲《化蝶》，景宫拉着提琴，童晓弹奏琵琶。浪漫的神话、心酸的传说，在横着的四根弦上，颤抖般流淌，在竖着的四根弦上跳跃般啜泣。殷衡坐在满堂师生间，仿佛看到双蝶在舞台上翩翩飞舞。

那天，童晓拉着殷衡一起去食堂吃饭，看见门口放了一张课桌，上面摆了好几盒一次性乳胶手套。一个瘦高个眼镜男坐在那里，他就是和殷衡一起追小偷的男生，医大三年级的眼镜老徐，齐鲁人。眼镜老徐从外面批发了一批手套来卖，批发价每副5毛。背后放了一块牌子，上写"人体解剖用，乳胶手套，1元一副"。

童晓示意殷衡，两人走上前去。童晓说："我们买几副吧，人体解剖课会用到的。"殷衡见是一起追小偷的师兄高兴地过去打招呼："原来你还做小买卖啊。一盒50副，打八折，40元行不行？"老徐笑眯眯地点点头同意了。

童晓抢着付完钱，拿起手套，拉着殷衡准备转身离开。眼镜老徐推了推那副厚厚的玻璃眼镜笑嘻嘻地说："同学，申城人啊，是个模子。"殷衡点点头。

吃完饭出来时，看见眼镜老徐在向殷衡招手。

老徐问道："周末有空吗？"

殷衡回答说："我一直在校园里的，平时不大出去。"

"我在校园里承包了影视厅，要不你抽空过来帮忙吧，我付你工资。"老徐试探着问道，见殷衡没马上响应，随口又说了一句："没事，你周末先过来看看，进来不用买票，就说找眼镜老徐的，他们都认识。"

"好的。"殷衡含糊地回答。

第六章

医大第二学期的重点课程《人体解剖学》，这是进入医学领域的第一道门槛，认识生命，尊重生命，敬畏生命。今天开始要正式上人体解剖学课，举行"大体老师"见面仪式。全班32名同学，个个穿着白大褂、戴着白帽子和白口罩，庄严肃穆地进入解剖大楼。教研室葛主任用冷静、清晰的话语开场："'大体老师'是医学生的无语良师，是医学界对于遗体捐献者的尊称。'大体老师'是医学生进行解剖练习的对象，是医学生的第一个'手术'患者。他们为医学生的成长、医学事业的发展作出了巨大的贡献，为社会奉献了自己的身躯……"

参加见面仪式的同学们，在班长朱一环的带领下，面对平躺在试验台上的"大体老师"，集体背诵希波克拉底誓言："健康所系，性命相托。当我步入神圣医学学府的时刻，谨庄严宣誓：我志愿献身医学，热爱祖国，忠于人民，恪守医德，尊师守纪，刻苦钻研，孜孜不倦，精益求精，全面发展；我决心竭尽全力除人类之病痛，助健康之完美，维护医术的圣洁和荣誉。救死扶伤，不辞艰辛，执着追求，为祖国医药卫生事业的发展和人类身心健康奋斗终生。"

背诵誓言的那一刻，作为医学生的殷衡，第一次感到灵魂受到洗礼。站在层高八米的解剖教室里，犹如站在那块大海边的碣石上，大脑空灵、万物静默，那是一种激励、一种使命，自己要在医大求学之路上，像清教徒般心无杂念，勤奋学习、刻苦钻研。

学校教学用大体标本足够四人一组学习，恰好童晓也和殷衡在一组。进入医大解剖大楼，一股福尔马林味道冲鼻而来，强烈而持久地弥漫在楼层间。整整一个学期，四人小组共同解剖着一具大体，从皮肤开始直至组织、器官、系统。原本对大体的恐惧，在一天天的学习中转化为感情、有了收获。殷衡学习特别卖力，有时从食堂打了饭后直接回解剖室，边吃边研究，当然不止他一个人，还有郭山、鲁菲和童晓。

学期结束要考试了，在一间大教室内，依次摆放了五十个浸泡着福尔马林的标本。标本的某个部位用红色的箭头标注着，要求考生在规定的时间内，将答案写在编号内。同学们依次在门口排队进考场，周围寂静，只能听到自己心跳的声音。殷衡从容进去，满分出来——这一届学生他是唯一一个得满分的。

在"大体老师"告别仪式上,同学们一起动手将"大体老师"从解剖台上搬出放入灵柩内,集体默哀、鞠躬,在缓缓的音乐声中将大体老师抬至灵车,并用满怀感恩的目光目送"大体老师"远去。

暑假快要到了,殷父来信说承包的鱼塘养的鱼虾都死了,连承包费、种苗和饲料都打了水漂,估计损失将近十万元。这可是一笔大数字啊,已经问叔伯本家借了八万元之多。殷衡考完试,和童晓告了别,看到景宫一个人拎着个大包从宿舍楼出来,微微点了下头,便急匆匆地往火车站赶。

见到殷父时,他正坐在天井里一个劲地抽闷烟,眉头紧蹙,殷母站在身后一声不吭。父亲突然之间变苍老了,原本圆润、骄傲的脸庞,一下子瘦削了,两鬓白发,胡子拉碴,估计有些天没精力打理自己了。

十几亩鱼塘漂满了翻着白肚的鲢鱼,每条都有二三斤重,捞出来的死鱼堆满了塘岸,塘水发臭难闻,连野猫也不过去吃。

殷母在土灶上烧饭,蒸了一小块阿六头春节送来的金华火腿,有点哈喇了,一家四口将就着吃。小妹欲言又止,最后还是怯怯地说:"爸,今年暑期夏令营我不参加了。"眼睛却斜看着殷母。殷父看了一眼小妹,有点无措。殷母接口说:"还是要去的,我再去问季家借200元吧。"说着拍拍裤腿上的灰，径直往外走。

季父忠厚公道，当兵五年回来后一直当着殷家宅的村长。季家人丁不多，家里只有大妞一个独生女儿，现在县里的高中念书，和小妹一个班级，经济负担较轻，家境还过得去。平时两家走动蛮多，季母和殷母也是发小，都是隔壁秦望村的，也有点沾亲带故，平时一直说得来。

殷母去季家借钱时，正巧遇到季萌在门厅八仙桌上做作业，笑盈盈地说道："大妞，我家小子放暑假回来了，有空去玩啊？"大妞有点害羞地回道："小妹在家吗？"

"在的，他们兄妹俩都在。"殷母摸了摸季萌又粗又黑的大辫子说道："你爸妈呢？"听到殷母的声音，季母正在后厢房洗衣服，湿漉漉的双手甩了甩，便在自己腰前的围兜上擦了擦，起身走了出来。听要借钱给小妹参加夏令营，季母转身回房间取好了给殷母。殷母面色尴尬地谢道："实在难为情，原本想他爸养的鱼，年底能卖个好价钱，也能先还上次借的二万元，没想全死了，老账没还上又要添新账了，等我家圈里的猪卖了，就先还一点给你们。"季母连说没事的，自家还能周转。

殷母走时又回头看了看大妞，说道："都快大姑娘啦，越长越好看了呢。对了，小妹说要参加夏令营，你参加吗？"季萌回道："参加的，我们两个一起去。"

鱼塘的投资打了水漂，颗粒无收。好在殷家宅民风朴实,叔伯间没啥嫌隙。再说,殷衡文曲星投胎,村落里几辈子才出了一个知识分子,大家还是觉得做人不能太绝,所以没人来逼债。前屋大伯母有次在大伯父面前啰里啰唆了一句,被大伯父瞪了一眼,后来就再也没敢提起过。

殷家几个老一辈的爷爷奶奶们一合计,拿出来一些棺材板钱,让殷父想想办法,谋谋出路。

第二天,殷衡陪着父亲去了趟镇上的科技站,与王站长讨教死鱼的事。王站长倒是很热心,立即骑了自行车跟着殷家父子来到了鱼塘边。兜兜转转了一会儿,殷父说:"去家里坐着聊吧。"来到天井,小妹搬竹椅子出来,三个人围着小桌子喝茶,殷父特意拆了一包红塔山给王站长敬上。

王站长喝了一大口滇红梗的浓茶后,拧着眉头分析道:"天气热,养殖密度高,可能是缺氧的问题。水质发臭,也可能是投放饵料多了吧。"

殷父有点冤枉,说道:"我按着养鱼书上来的,啥时投饵料、投多少都有准数的。"猛吸一口烟后又说道:"上次买鱼苗的时候,种苗站还专门给我计算过,让我一亩投放鲢鱼苗 15—25 尾,还说可搭养鳙鱼 2—3 尾,我后来想想还是算了,每亩就投放了 25 尾。"

殷衡听了半天,冷不丁地冒了一句:"不会是鱼生病了吧?"

王站长立马起身小跑着去鱼塘查看死鱼。拎起一条白鲢鱼仔仔细细地看了起来。见白鲢鱼鳞片脱落，鳍条烂了。掰开鱼嘴和鳃，里面也是血乎乎地发烂。拎起另外一条一看也是这样。抬眼望去，每条死鱼几乎都是这样的。

　　"这是赤霉病，鲢鱼细菌感染了。"王站长长舒了一口气说道："你冬天养鱼前有没有把鱼塘的淤泥挖干净，洒上生石灰消毒啊？"殷父一下子全身发软，虚脱一般地说道："没人告诉我，鱼塘还要消毒啊？"

　　晚上，殷家四口一起闷头吃着晚饭，大家都不说话。这时河对岸的季家，季母正在自家咸菜缸里舀新鲜的菜卤，准备给女儿做菜卤蛋，带着明天出门当中饭吃。

　　今天是县中高二年级学生的夏令营。大清早，小妹和季萌赶到校门口，乘上了学校租来的公交车一路向市区去了。同学们上午在陈毅广场举行成人仪式，下午一起参观自然博物馆。中饭是季母准备好的，季萌拿出铝皮饭盒子，和小妹两个一起吃菜卤蛋。放了一晚上的菜卤蛋咸咸香香的，特别好吃。

第七章

后来几天,殷父请人帮忙把死鱼打捞干净,抽光了十几亩鱼塘的水。又花了好多人工,将鱼塘的淤泥全部清光,洒上生石灰,在大太阳下暴晒。

那天,殷衡手里拿着《药理学》急匆匆下楼,跑到鱼塘边找殷父,问道:"爸,镇上有土霉素卖吗?"

"那要去卫生院问问了,你找二婶吧,她侄女在卫生院上班。"殷父抹了一把汗,低头继续铲塘岸上的杂草,又问:"你要土霉素干吗?"

殷衡神秘地一笑:"我有办法让鱼不生病。"

找到二婶家侄女,殷衡从卫生院要了好多过期的土霉素和链霉素。这些老药副作用大,医生已经好久不用了,药房间角落里存放了很多。现在听说医大的殷衡想要,原本是赤脚医生的院长很爽快地就给了。

回家后，殷衡把一大袋子土霉素和链霉素混在一起，全部磨成粉末。晚上和殷父一起在鱼塘底部和四周都洒上一遍。第二天再用晒干的淤泥薄薄地盖实。殷衡边盖泥巴边跟殷父说："药理书上讲的，这就像缓释胶囊一样，慢慢地将土霉素和链霉素释放出来，塘鱼不会再得细菌病了。"殷父想，这小子有出息了。

几天后，殷父用老辈们的棺材板钱买了五百尾鲢鱼苗投放进鱼塘。第二年鱼塘大丰收，殷父养殖鲢鱼每条都在五斤以上，条条活蹦乱跳，亮亮闪闪，背青腹白。鱼贩子们争先恐后地过来，直接将车开到鱼塘边，高价收光了。后来，鱼塘面积扩大到了五十亩，还养了沼虾、罗非鱼……

几年后，殷父靠养鱼养虾致富，还清了外债，还塞给老辈们厚厚的大红包，也积攒了一笔钱，在申城市区给殷衡买了一套70多平方米的商品房，这是后话。

暑假里，殷衡没怎么出门，倒是季萌来过几次，每次都是和小妹躲在房间里聊天，做作业，暑期结束后，她们俩都高三了，学业压力挺大的。她每次出门时都会有意无意地瞥殷衡一眼。

临近暑假结束前，阿六头和厂长女儿在路口酒厂的大食堂举办了定亲酒。殷衡、殷家堂兄弟们，还有毛脚女婿阿六头，一起喝了个酣畅。罗汉酒厂的经典十年陈，真的好，喝了不上头，嘴不干，还有点晕晕乎乎的，浑身酥软，就想睡觉。

半夜，殷衡被夜尿憋醒了，索性起来在天井里数星星，听蛙叫声。月夜，星星静静地躺在湛蓝的天空之中，不知道哪是金牛座、哪是巨蟹座。看着看着就想起自己和阿六头都满二十周岁了，属牛。阿六头今年定亲，后年结婚，23岁生儿子。自己大学毕业就要25岁了，估计自己结婚时他儿子都要进小学了。想着自己今后的人生还有很多选择，是留在金陵呢还是回申城，要不要考研读博，进医院当医生会分配进哪个科室。突然之间发现，自己的想法越来越多，烦心事也越来越多，心里有了结。

返校前一晚，殷父走进儿子的房间，父子两个四目相对。殷衡第一次感受到了父亲的眼睛，慈祥、温暖。依稀记得孩提时，自己经常会坐在父亲的大腿上，父子俩也是四目相对。儿子会抬起肥嘟嘟的小手，指着父亲说："不许眨眼睛。"父子俩就瞪着大眼睛一动不动，但父亲每次都会输，输了以后就把自己抱起来骑在脖子上，然后在天井里跑，边跑还边左右晃。孩子开心地笑，父亲开心地笑，母亲在一旁也开心地笑……殷父拉开书桌旁的椅子坐了下来。

儿子的房间不大，既当卧室又当书房。一个大橱靠着北墙，书桌椅放在西南面，靠窗。中间一张五尺宽的大床，床上的竹篾席子是前几年请邻村的哑巴老篾匠编的，用的是自家老竹林里三年以上的水竹，青篾、黄篾相间，很规整。用了几年了，席面开始泛红，殷母每天傍晚都会用热水来擦一遍。盛夏的晚上，躺在滑溜的竹席上，很凉爽。"我昨天去了一趟秦望村，问你大舅舅借了些钱，这是3000元，你先拿着吧。要是生活费不够了，你来信，我再想办法。"殷父边说边掏出用橡皮筋箍好厚厚的三沓子十元面钞。

殷衡斜躺在床上，听着父亲说话站了起来，走到书桌边，拿起一沓子钱，另外两沓子轻轻地推给了父亲，说道："爸，不用这么多，我就拿1000元吧，学校里有勤工俭学的，寝室同学也有参加的。再说，我每月还有30元的学生补贴呢。"

"小妹今年开学要上高三了，她说想考师范学校，做老师。师范生也有补贴，可以给家里省点钱。"父亲犹豫了一下收回了两沓子钱。这钱的确金贵，鱼塘的饵料还没有着落，翻鱼塘的人工费还没付呢。

殷衡说道："上师范学校要提前录取的，小妹成绩好，年年拿'三好'，她一直想考复旦呢。"

殷父答道："她也是和你妈这么一说，到时候再看吧，最近小妹懂事多了。听她说，季萌一门心思要上医大。"

那晚，父子俩东拉西扯，聊到半夜。第二天一早，殷衡背着行李，搭公交车去了县城，还要转两辆公交车才能到申城的火车站。回金陵的绿皮火车是晚上七点。

第八章

大二了，走进医大，风景变熟悉了。校园里已经回来了不少同学。当然也有父母陪着，大包小包前来报到的新生。殷衡回寝室放下行李后，直奔影视厅，去找眼镜老徐。老徐刚好也在，已经上四年级了，没有寒暑假，和实习医院同步，今年暑假没回老家徐州。见到殷衡后，他推了一下眼镜，高兴地招招手。

影视厅门口堆满了盒装磁带，都是新的，有大学英语、牛津英语；更多的是周冰倩、梅艳芳、苏慧伦、邓丽君等一些上海和港台歌星的带子。两个高年级的学生在打理，旁边大喇叭一直在循环播放："磁带，十块；磁带，十块。"

眼镜老徐一把拉着殷衡的手，豪爽地说道："走，我们中午下馆子去。"两人骑着自行车风一样地往评事街的马记清真馆去了。

殷衡的自行车早已换成半新的凤凰老坦克了。自从滕飞认出了自己小妹的自行车后，殷衡下午就找旧货市场的瘦精怄气。一听自行车被车主认出来了，瘦精脸上稍露了尴尬，转瞬间又阴转晴，嬉皮笑脸地说道："朋友你路道粗的，我也是第一次遇到这么巧的事，马上给你换一辆。"他指了指不远处半新的凤凰老坦克车说："这辆怎么样？名牌，还是安全牌的，不过质量好，要加50元。"两人讨价还价后，还是加了30元成交。

不一会儿，马记清真馆到了。虽是过了饭点，人还挺多。眼镜老徐让殷衡先去找空位置，自己点东西。靠里屋厕所通道边正好一对外地夫妻刚走，空出来两人的卡座，殷衡坐了下来。一会儿服务员过来收拾桌面，眼镜老徐也端了半斤牛肉锅贴、两个牛肉包和两碗牛杂汤过来了，后边跟着个微胖的年轻女服务员，手上还拿了一瓶金陵春酒和两个空杯子。眼镜老徐坐下来说："可以啊，你还找了个好位置。"殷衡脸红了一下。

女服务员叫袁彩云，眼镜徐哥的小老乡，放下酒杯，爽朗地说道："徐哥，你们慢吃噢，我在门口陪着你们。"转身走了，背影居然挺苗条的。

马记清真馆在金陵算是老牌子了，牛肉锅贴最为出名。很多本地的老人十分推崇，位置虽然偏僻但名头响，锅贴个个金灿灿的，像金元宝，外皮不薄却酥脆，一口咬开就能见汤汁，还带微甜。门口挂着清晨刚卸剩下的牛骨架。据说，每次宰牛都是阿訇下的刀。

两人边吃边聊，一瓶金陵春酒已经下去一半多了。眼镜老徐一喝酒，话匣子就打开了，介绍起医大来。

"医大在全省也能排前三，这是个小社会，同学老师都来自五湖四海，还有很多海外回来的教授专家。老师们大多在医院当主任、专家，也兼着大学教授。大学有五家直属附属医院，大多在金陵城区，还有八家非直属附属医院和教学医院，大多是金陵区级医院。两家综合性三甲医院、一家精神卫生中心、一家妇产科医院，还有一家儿科医院。每年全国招收本科生500多名，三十几个硕士点和十几个博士点，还有一个博士后流动站，主要有临床一系、二系、三系、口腔系和公共卫生系。丁家桥路是主校区，大学基础部一年级、二年级学生都在这里读书。三年级、四年级和五年级学生都进教学医院了。"眼镜老徐娓娓道来。

抿了一小口酒后，眼镜老徐把牛肉包吃了，然后继续说起来："我也是从大二接手学校生意的。因为家里有哥哥、姐姐和妹妹，都在读书。为了能来上学，父母东拼西凑借了3000多元块，咬咬牙让我来了金陵。我爸是个要脸面的人，当时我就想，一定要半工半读，尽快把家里外债还了。你看，我大二的时候就帮父母还了3000元，现在妹妹的学费也是我承担的。"

殷衡听了很震撼，其实自家经济状况他也是知道的，父亲养鱼失败后，家里已经欠了一屁股债了，这次开学的生活费还是问大舅舅借的，这些钱可都是要还的。小妹能主动为父母分忧，自己也应该承担起责任。殷衡听得入神入味，睁大眼睛问道："那学习怎么办，学校同意啊，怎么做生意呢？"从小到大，自己一直在父母呵护下，从来没想到要赚钱养活自己，也没想过要养活家人。

"只要你和我一起合作做生意，这些事情我都会慢慢告诉你的。"眼镜徐哥说道。

殷衡有点迷茫地问："师兄，你为啥会找我和你一起做生意？我可是外乡人，人生地不熟的，家里也没资源啊。"

眼镜老徐抿了一口酒，笑呵呵地说："你上次追小偷，足球比赛也是一马当先，你很牛啊，人家说申城男人个个都是娘娘腔，我看你很有血性啊，可见传说靠不住。"然后一脸严肃地说道："其实做朋友有好几种。一种呢，是酒肉朋友，吃吃喝喝就可以了，不能谋事做事的；还有呢，是知心朋友，谈谈理想，聊聊天，精神为主，也不能合作的；最重要的朋友是兄弟，要讲义气，能谋事、可共利，这样才可以把自己的前胸后背交给他。"

殷衡听了，一股豪气冲上脑门，借着酒劲也一脸严肃地说："徐哥放心，我能做你兄弟。"

下午，眼镜徐哥带着殷家小子逛了夫子庙批发市场、百林百货和紫金山音像批发市场，见到了琳琅满目的商品，也认识了好多批发商。有卖盒装磁带的杜欣忠、卖盗版书的陈宇，还有卖运动袜子、运动鞋的老板娘冯珍珍……

第九章

童晓信中得知殷父养殖的鱼儿都死光了，回信时没少安慰殷衡，还出了用抗生素消毒杀菌的主意。中午遇到马骏，听说殷衡已经返校了，见没来找自己，童晓想会不会是心情不好，故意躲着自己吧，就提了一网兜的水果、饼干，还有一包暑假去内蒙古包头游玩时带回来的牛肉干，去男生宿舍找殷衡。寝室门开着，见寝室只有朱一环一个人，正拿着脸盆毛巾要去盥洗室，便把一网兜水果吃力地托举到殷衡的床上，还留了一张纸条，写着："今晚六点我在大操场看台上等你，晓。"写好后对折起来，压在了网兜下。

男生301寝室朝南，一共放置了三张上下铺的铁架子床。两张朝南、一张朝北，住五个人；北面下铺空着，大家把行李箱堆放在上面。殷衡的床是靠西边的上铺，下铺住着郭山。

下午，王华和马骏回到寝室，看到殷衡床上一大兜水果，兴奋地拿了下来，放在书桌上，两人掏出苹果就啃。窗外微风一吹，压在网兜下的纸条，贴着墙壁晃晃悠悠地滑到了下铺，掉在了郭山床铺的枕头上。

上学期，郭山基本上没在寝室住过。亲叔叔在美国洛杉矶定居多年，一直希望郭山能去留学。郭父最近也萌生了这个念头，男孩子出去闯荡一下，增加历练总是好的，再说还有弟弟照应着；夫妻俩商议定当后，鼓励郭山托福得个高分，好去申请加大洛杉矶分校(UCLA)留学。

郭山的姑妈家离学校很近，只有两站路，家里也宽敞，表姐结婚后搬了出去。郭山住过去后，老两口很是高兴。每周一、三、五的晚上，郭山都要去上托福加强班。年级里、班级里的事，他基本不闻不问，也不大参加寝室的活动，上完课就赶回姑妈家吃晚饭。

傍晚时分，郭山回了趟寝室拿课程表。发现枕头上一张纸条，看了上面的留言，一下子懵了。心想，这纸条不是童晓留给自己的，还能是谁！童晓是老牌市重点金陵一中毕业的，朴素、开朗，身上透着一股英气，很阳光，是个非常优秀的女孩，是郭山心目中女神的标准。

晚上六点，夕阳漫天。童晓一个人坐在大操场的看台上，静静地等人。眼前几个男生在跑道上一圈一圈地跑步，和殷衡一个寝室的马骏也在匀速跑步，已经汗流浃背了。远处，几个女生穿着淡色的裙子在草坪上悠闲地散着步，聊着天。那个大连的同学林逸凡也在其中，手里还拿着一瓶橙色的橘子水。

"马骏和林逸凡在谈朋友啊!"童晓仿佛发现了新大陆。这时候,她很期待着能看到林逸凡递马骏橘子水喝,踮着脚帮他擦额头上的汗。夕阳西下,若能看到这场景,简直太唯美了。

川哥马骏就像他的名字一样,人高马大,英俊潇洒,特别喜欢运动,是大学篮球队的绝对主力,作息规律,生活自律,是很多女生心中的白马王子。林逸凡是个典型的大连姑娘,高挑俊秀,皮肤白嫩,打扮得内秀得体,性格豪爽大方。"他们两个真的很般配。"童晓独自思忖,心里很是羡慕。

其实,她心里一直暗暗地喜欢着殷衡,从开学第一天,见到他的第一次,她心里一阵慌乱,心跳加速,她认为这是一见钟情,是缘分。不过,她知道殷衡心里只有那个景宫。那天在玄武湖游船上时,她就注意到了,尽管殷衡一直在掩饰,可是他的眼神根本就没有离开过景宫。滕飞的出现,让殷衡垂头丧气,这更是印证了她的判断。可能与曾是侦察老兵的父亲的基因有关,童晓觉得自己心细起来也很可怕,有时候很多场景会在自己的脑海里像放电影似的,一帧一帧再现,而且她会迅速地捕捉到细节,有点像福尔摩斯。想着想着自己也觉得好笑,还真"扑哧"一声笑了出来。

笑声一会儿就变成了惋惜声,而后就是一声叹息。

操场入口,男生302宿舍的秃头老吴一路小跑来到几个女生旁边。林逸凡一个箭步上去，将插在橘子水瓶子里的吸管送到了老吴嘴边，美滋滋地看着老吴大口大口地吸着。童晓对自己如此自信的判断来了个彻底的颠覆，惊呼道："这怎么可能呢？"那边英俊的马骏还在有节奏地匀速跑步。

转身一看，郭山居然贴着她身旁坐了下来，右手还顺势勾住了她的腰。童晓像弹簧一样站了起来，怒斥道："你干什么？"郭山也吓了一跳，拿出那张纸条，递给了童晓："不是你让我来的吗？"童晓哭笑不得问道："纸条怎么在你手上，你的上铺为啥不来？"这时的郭山恍然大悟，悻悻地道了歉离开了。灰头土脸的郭山知道，这是自己的一厢情愿，想想自己要多傻就有多傻，太没面子了，心里便暗暗地恨上了殷衡。

今晚，童晓的心情犹如过山车般，起伏跌宕，不由得暗暗苦笑。

殷衡很晚才回到寝室，倒头就睡。第二天一早起床，看到了书桌上的水果和那张揉捏过的纸条。他马上去大操场找晨练的童晓，要去道歉和解释。

童晓在跑步，她倒不光是为了打卡，早锻炼是从小跟着父亲在部队大院养成的习惯。看到殷衡追上来时，她故意加快了脚步，让他多追一会儿吧。

跑了大半圈后，他们俩总算同步了。殷衡连忙解释道："昨天中午和四年级的老徐一起出去了，很晚才回来。"喘着气继续说道,"今早才看到你送来的水果、牛肉干和饼干。纸条也是刚看到的,实在对不起,实在对不起。"原本有点怨气的童晓一听老徐的名字,倒是来了兴趣,昨晚的不爽不快也全都不提了,问了一句:"是不是那个眼镜老徐啊?"

"是呀,你认识啊?"殷衡答道。

"在校园里见到过几次的,上次我们的乳胶手套就问他买的呀。不过他可是个传奇人物哦。"童晓边跑边答道。

第一次听到有人如此评价自己的兄弟。尽管昨天才结交的,不过真的已经是兄弟了。男欢女爱可以一见钟情,兄弟相交也可以惺惺相惜。今后的人生中,眼镜老徐真的一直是殷衡的好兄弟,一辈子的好兄弟。

殷衡很认真地问道:"传奇人物,怎么个传奇啊?"

童晓看着殷衡难得认真的模样,知道可以逗逗他,笑嘻嘻地说道:"你晚上请我吃皮肚面,我就告诉你。"说完一个加速,跑远了。

三山街的老唐皮肚面,最拿手的就是全家福,五元一大碗,用高汤做底料,放了鸡蛋、肉丝、青菜、猪肝、干虾仁、皮肚、香肠、木耳、自制肉丸、黄花菜,出锅时再放点榨菜和猪油渣,味道相当好。里面的手擀粗面条也足够两个人吃饱的。童晓最喜欢吃老唐皮肚面了,上学期他们俩来过两次。今晚,他俩照样还是只点一碗,各拿个空碗,一起捞着吃了起来。

第十章

眼镜老徐来自齐鲁大地的徐庄，刘邦故里，传说是徐达后人。徐氏家族的子孙们都按辈分谱起名，辈分谱就是陶渊明的《归去来兮辞》辞文，依次排序，若有重复的文字就跳过。眼镜老徐，姓徐，名余庆，是余字辈。口口相传的家训简单也很管用，就一句话四个字"不许做官"。据说，徐余庆的爷爷跟着国民党打日本鬼子，英勇善战，把日本鬼子赶走后，长官要求他留下来做大官，第二天他就请辞回家种田去了；待到"文革"期间，居然神奇地躲过了红卫兵的文攻武斗，活到九十多岁，无疾而终。也许，老祖先徐达的善终，以及徐氏家族历经百年风雨绵延不断，都与这条祖训有关。看来，老祖宗的好东西真的不能丢啊，丢了是要命的。

"眼镜老徐在我们大学可是神一样的存在哦。"童晓夹了一块猪油渣放到殷衡的碗里，慢悠悠地说道，"我也是听到啥说啥，不算嚼舌头吧。子曰，道听途说，德之弃也。"殷衡放慢了狼吞虎咽的节奏，竖起耳朵。

童晓继续说道："读书吧，老徐是超级学霸，功课这么多，他门门成绩全拿优，看似文文弱弱，体育成绩也是优秀。有次在组织胚胎学课上，老教授让学生提问，眼镜老徐就问老教授：'受精卵为啥会在母体内发育成不同的人体组织器官啊？'当时老教授愣了半天，说课后单独解答。"

童晓继续说："知道四年级的那个'猪头'朱晓东吧，就是足球比赛踢伤你的那个，他谁都敢惹，就是对眼镜老徐敬而远之。""为啥啊？"这回殷衡放下了筷子盯着童晓问。

"除了有个当副校长的爹，其他啥都比不过呗。'猪头'经常欺负人的，那次去砸影视厅遇到老徐，两人就约架，后来'猪头'真的变成了大猪头，鼻青脸肿的，再也没敢去闹事。"童晓边说边笑了起来，好像出了口恶气似的。殷衡看着童晓笑得爽朗，也被感染了，一起笑了起来。他和童晓在一起聊天、看书、上课，心里就是那么的坦然、舒畅。

"眼镜老徐在咱大学还有个小小的商业帝国呢，家教、影视、学习用品都是他在搞，还有周末的舞厅也是他承包的。不过，他挺低调，不张扬，穿得也很朴素，你看那双皮鞋从买来到穿坏，估计一次都没上油擦过。"童晓吃得差不多了，用手扇扇嘴巴，加了黑胡椒粉的皮肚面汤有点辣。

接下来的几个月，殷衡一边读书、一边跟着眼镜老徐做买卖,更是忙碌了。二年级的第一个学期,殷父来信问过几次,生活费够不够,他每次都回复说:"够了,不用寄钱。"童晓和他依旧嘻嘻哈哈,不过一起吃饭、聊天的时间少了很多。殷衡也和景宫照面过几次,每次都想回避。

学期结束前,又是一场大雪。

眼镜老徐和殷衡再次来到了马记清真馆,女服务员袁彩云一看到他们俩进店就热情地迎了过来,还递了张餐巾纸给老徐,说道:"徐哥,好久不来了。眼镜起雾了,擦擦。对了,你过年什么时候回老家啊?"眼镜老徐笑呵呵地回道:"一时半会还走不了,估计要小年夜了,搭朋友的货车回去,你待会儿帮我准备二十斤盐水牛肉,再到路口买两只真空包装的盐水鸭哦,待会儿我一起结账。""好的,放心吧,徐哥。"小袁很高兴见到老徐,忙前忙后起来,又问道,"今天还是牛肉锅贴、煎包和牛杂汤吗?"眼镜老徐说:"可以,再来一瓶金陵春酒。"两人找位置坐下了,慢慢开喝起来。年关将近,店里客人少了很多,外面大雪纷飞,比去年的雪还大。

"期末考得还可以吧?"眼镜老徐问,"在大学里,功课要好,这样不会被人看不起。"

"徐哥,考试都能过的,放心。你这么忙,为啥成绩还这么优秀,有啥捷径吗?"殷衡这个学期起早贪黑,比以前更努力学习,就怕功课落下,人瘦了很多,有点缺觉。

"也不完全算捷径吧,我每天精力保持得好,老师上课一定会全神贯注地听，听不懂就课后问，不偷懒、不打瞌睡；课后回去再温习一下，加强记忆。医学课程主要靠记忆，没啥大诀窍。"徐哥一口酒下肚，全身暖和起来，话匣子也打开了说道："我家老爷子，从小教我练吐纳，自小睡觉、走路我都是按着这个路子来的，没觉得疲劳。下次我教教你，关键是要改变你原来的换气习惯，上手很简单，就是要坚持下来就难了。"殷衡眼睛一亮，这就是法门啊。后来，按照眼镜徐哥的方法，殷衡坚持吐纳换气，终身受用。感冒、发烧基本没有，也熬过了很多疫情，诸如 SARS、禽流感、甲流等，这是后话。

眼镜老徐今天找殷衡不光是为了年前小聚，更重要的是要交代点事情，所以酒喝得慢了些，缓缓地说："下学期开始，你要逐步接手学校里的生意了，我最多再带你一个学期，今后都要你自己去做。"

殷衡愣住了："徐哥……"眼镜徐哥抬手阻止了殷衡的话继续说道："明年我就是大五了，要去医院实习，正式进入临床，这边的生意不能再照顾了。再说，我做生意一是要谋生养活自己，二是历练接触社会。赚钱原本也不是最终目标，弱水三千，只取一瓢。今天要把一些道理、歪理全都告诉兄弟你，以前想不明白的今天也敞亮了说。"

殷衡端起半杯酒，碰了眼镜老徐的酒杯，一口喝了。下面的老二居然又挺了起来。

眼镜老徐抿了一口没喝完,继续说着:"咱先把业务梳理一下,手上的三块生意,都是围着学生做的,学生需要什么我们提供什么。譬如,批发图书、学习资料、盒装磁带,你要知道新生需要啥、毕业生需要啥、出国的需要啥、考研的需要啥,这样才有人来光顾你的生意。再譬如同学来问,有没有托福资料书啊,你一定要说有,下次进货时就补充进来。

"还有,周末很多学生不回家,需要娱乐,丰富一下生活。咱三个影视厅,一个放港台片,让追求时尚的同学看;一个放欧美原版片,让有点小资的同学看;还有一个放国产片,让有怀旧情怀的同学看。大家各取所需,看腻了也可以换换口味。还有一个舞厅,周末青年人可以交际交际。这些学校的场馆,一定要找后勤的老师借,你还不能直接说借,他们会很为难,一定要以学生自管、自理,增加社会实践的名义来借。当然,每个月后勤老师那里也要意思意思送几条烟。穷学生么,只要不出事情,学校还是能睁一眼、闭一眼的。

"家教这个业务,我是从其他大学受到的启发,大学生有时间给周边的中小学生补补课,年龄差距不大,小朋友很欢迎和大哥哥大姐姐一起学习的,效果也好。况且,我们医大的学生个个都是学之骄子,个个都是应试教育的实战家,家长很放心的。就是要想办法让学生家长的需求和我们的家教老师调派结合起来,下次你好好琢磨琢磨。"

眼镜老徐一口气梳理完手上的生意，殷衡全部听进去了。边听还边想着，学习资料推销是不是要建个推销网络，最好每个班级有个同学兼职；三个影视厅和一个舞厅要不要转包出去；家教能不能拉几个同学专门做宣传和上门沟通。

眼镜老徐一口闷掉了半杯金陵春酒，又喝了几口牛杂汤。接着说道："再把费用的事情也和你说说。做生意的核心是赚钱。这钱就是通过差价赚来的。你进货要便宜，质量不一定要好，看学生需求，他们生活费不多。每个生意去掉拿货和场地租用成本后，再去掉帮手的费用，剩余下来就是你的钱。但这个钱你不能全部放到口袋里用了。我是将钱分成三部分，自己只拿五成；另外二成奖励给得力的帮手；留二成帮助贫困同学，一定要私下帮，顾及他们的面子；还有一成我没想好，今天和你定一下规矩，能不能给前任兄弟的，保留一年即可。"

殷衡马上挺起身子说道："徐哥，你怎么说我怎么办。"两人又讨论了好多细节。

眼镜徐哥又说道："其实大学这点生意要经营好，关键是找好合作伙伴和帮手，供货商要有信誉，不能漫天要价，毕竟是做学生生意，差价不能高；选同学做帮手要精挑细选，首先要人品好，还要学习成绩好，他们只是一时家里经济困难了，今后还要当医生做白衣天使的，不能光顾做生意荒废学业。最后，就是要找个能信得过的兄弟接班，接力棒一棒一棒传下去，让经济困难同学，真正通过勤工俭学有自尊地完成学业。"殷衡今晚听得热血沸腾、意气风发、底气十足。

  这顿饭一直吃到华灯初上。出门前眼镜徐哥结了账，递给殷衡十斤盐水牛肉和一只盐水鸭，说让带回去给伯父伯母尝尝。

  雪花纷飞，行人稀少，殷衡深吸了一口气，冰冷而沁人心脾。路虽然被雪花掩盖了，但他们俩还是走出了两行脚印。脚印的终点一直通向那所白衣天使的摇篮，百年来培养出无数医德高尚、技术精湛的医护人员。

第十一章

所谓"百里不同风，千里不同俗"。当金陵还在大雪纷飞中拥抱新年的时候，殷家宅在暖冬中辞旧迎新，迎春花苞鼓鼓欲绽，家家户户祥和而喜庆。

殷母这半年来，很费心思，欠债的事总像大石头压在胸口，见人也很难为情，希望等到鱼塘赚钱后就把外债还了。可是邻里亲戚间的人情终是不能淡薄了的。她在自家小屋养了很多鸡鸭鹅，还有七八头猪和一只羊。那鸭呀鹅的，可以天天在河湾里玩耍，饿了自己找食吃，长得肥肥壮壮。七八头猪可不行，一天两顿，不喂就会叫个不停。阿六头知道后，就让殷母天天去酒厂后门拉酒糟。也怪，吃了拌有酒糟的猪，长得又肥又大，年前卖了个好价钱。

这几天殷母准备让殷衡跑一趟秦望村，把夏天借大舅舅的钱先给还了。她自己也去找了赵季母，带去了儿子拿回来的那只真空包装的南京桂花鸭和几包夫子庙状元豆。

寒假回来，殷衡脱下了厚厚的滑雪衫，换上定型棉的夹克衫，轻便、保暖。那天去夫子庙轻纺市场，给父母小妹买年货时，也给自己买了一件，童晓帮忙挑的款式。

小年夜一早，殷衡骑着自行车带着父母准备的礼物和3000元钱去了秦望村的大舅舅家。

秦望村离殷家宅有三四十里，村名也是与秦始皇有关。传说秦始皇曾登此山祭海，还几次来此驻跸，盼等海外仙药。山是没有的，也就一个小石丘，海拔绝对不超过200米，不过在低海拔的平原上，就比较显眼突兀了。在那"深挖洞、广积粮"的年代，大石丘下面也挖了很深很长的防空洞。

秦望村在大石丘脚下，是个古村落，已有一千多年历史，典型的江南水乡，周围水网遍布，林木荫翳，庐舍鳞次。

大舅舅家姓沈，村里大部分人都姓沈，沾亲带故的。殷母从小在这里出生、长大，老父母前几年过世了。家中兄妹三人，大哥务农，一直在老宅住着；二哥当兵去了东北，在佳木斯成了家，偶尔也会回来探个亲；小妹就是殷母，嫁得不远，沈家大哥从小就非常照顾这个妹子，两家经常有走动。

沈家老宅就在村子的东南面，房屋很大，屋前屋后都有溪流，门前还有个开阔的晒谷场。舅母和两个双胞胎兄弟都在，见到殷衡后高兴得不得了。

中饭很丰盛，大舅舅专门去了趟镇上羊肉馆，带回来白切羊肉和羊杂汤，平时真还舍不得买来吃呢。舅母稍作加工后就端上了桌子，一家人围着殷衡边吃边聊了起来。本地羊肉，蘸着本地酱油，入口细而不腻，软酥即化，齿颊留香。大锅羊汤里洒着切细的大蒜叶段，奶白的汤里肝肠肚肺俱全，还有新鲜羊血块，香浓不腻，令人回味无穷。估计是骑了一上午脚踏车饿了，也是见到满桌子菜食欲大开，殷衡一连吃了两大碗土灶烧的白米饭。

临近年底，家家户户都有很多事情要忙，殷衡就请辞回去了，大舅舅很不舍得，拉着他手反复叮嘱："要多来玩。"

小年夜下午，殷父殷母逐一拜访了邻里亲戚，给每家送去了些鸡、鸭和大白鹅，希望借的钱能再宽些时日还。邻里亲戚推脱一番后也就收下了，都很大度地说："没事。"

殷父大年夜下午在两扇厚实的大门上贴了一对春联："天增岁月人增寿，春满乾坤福满园。"窗户也糊上了剪纸"福"字，端端正正地贴着。近些年来，村庄里很多人家的"福"字是倒过来贴着，说这是"福到"的口彩，殷父搜肠刮肚了半天，心想："老底子里也没这么一说呀。"

除夕一过，新年开始，又是一个春天。

寒假还没结束，殷衡就拉着行李急匆匆地赶回了学校。离开学上课还有几天，返校的同学不多，学校里大部分是没有回家过年的。

男生寝室里，有摆龙门阵、有打八十分的，还有躲在房间里稀里哗啦搓麻将的。那天下午临近四点，大学保卫处两名干部突然冲了进来，搜走了房间里的麻将牌和桌上的钱，清点下来一共有四十多元，都是秃头老吴赢来的，还没来得及放进自己的裤兜。四个参加赌博的同学，被请进了保卫处写检查。保卫处通知年级主任秦老师来领人。

秦正明今天正好值班，原本下班后，要陪在第一附属医院心内科的未婚妻孔倩去逛新街口的电器商场。婚期临近，结婚用的电视机、音响等电器还没准备。自己当了一年多的年级主任，天天焦头烂额，不是白天有事，就是晚上从被窝里被叫起来。唉，这帮学生都不是省油的灯。正想着，办公桌上的电话"叮铃铃"响个不停，接完电话后，他赶忙飞身跨上了门口的自行车冲了出去。

开学一周后，四名男生因聚众赌博，被学校记过处分，通报批评。那晚，秦正明被在新街口晾了一个多小时的未婚妻训得狗血喷头。

殷衡一连走访了好几个供货商。最近考托福留学出国很热，图书批发商陈宇建议他多备几套这方面的资料书，肯定会热销。

殷衡选了《TOEFL词汇》《TOEFL仿真试卷》和《TOEFL高分100天冲刺》三本作为一套，仔仔细细地翻看着，印刷挺清晰的，只是纸张太薄、有些粗糙。心想，如果按照差价20元的话，可以盈利2000元。他没再犹豫就预定一百套，付完全款后，让陈宇第二天用三轮车拉到学校食堂二楼的影视厅。

开学第一天，负责卖书的黄振明跑来兴奋地告诉殷衡，这些书被疯抢一空了。殷衡连忙跑到宿舍底楼，给陈宇打了个电话，希望明天再拉 200 套书过来。同寝室的郭山也喜滋滋地抢到了一套，准备晚上带回去检验一下自己最近的学习成果。

郭山回到姑妈家后，见到自己的父亲也在。晚饭后，郭山拿着书包进了房间，掏出中午食堂门口买的托福资料书来看，翻了几页后，发现有好几张内页没有裁开连在了一起，就出来要裁纸刀。郭父接过姐夫递过来的裁纸刀走进房间，顺手翻了翻这三本书后，就问儿子："这是盗版书啊，你是从哪家书店买来的？"郭山心想："自己买的时候就知道是盗版书呀，否则哪来这么便宜的价格。是要搪塞一下呢，还是要如实相告？如果说实话，按照父亲的脾气，一定会让工商局自己的手下去查办的。"郭山稍稍犹豫了一下，最后还是说出了实情。

第二天中午，当第二批盗版书拉到学校食堂门口准备卖的时候，区工商局执法大队开着车，把一大摞图书和黄振明一起带走了。

第十二章

殷衡得知情况后,第一时间打 BP 机找眼镜老徐,可是在医院见习的眼镜老徐迟迟不回电话。他站在一楼门卫间原地打转,急得像热锅上的蚂蚁,可一时间束手无策。怎么办,怎么办呢?只好先给眼镜老徐留言。

往年级办公室秦正明办公室跑去的路上,正好迎面撞见端着饭盒子的童晓。听到鲁菲嚷嚷着朝一起吃饭的女生们说:"食堂门口的书摊被穿制服的执法大队收走了,黄振明也被带走了。"童晓才刚吃两口饭,就急吼吼地来找殷衡,两人一看见对方就知道是为了同一个事情。童晓连忙说:"我陪你一起去找秦老师。"

秦正明又开始头大了。上次自己年级学生聚众赌博一事,他拼着命求保卫处处长,念在他们是初犯,金额又不大,希望能网开一面,自己一定会狠狠教育,以观后效。可是,保卫处长一脸严肃,根本就不给自己面子。

他去找了学工部部长，范部长谨慎地告诉他，人是被后勤保卫处带走的，不是学工部。

然后，他又去找了分管后勤保卫工作的朱副校长，朱副校长一脸为难地告诉他，学生工作归学工部管，而学工部又是校党委副书记管的，他手不能伸得太长。

再后来，他再兜回去找学工部部长。范部长被他缠着没办法，只好陪着去见了副书记。

只是知道，他和范部长在"马列主义老太太"曹副书记的办公室待了整整三个小时才出来。出来后，两人一脸痛改前非、深受教育的模样。不知道的人，还以为是他俩被处分了正接受革命再教育呢。

这次，秦老师决定，自己来摆平这事。

秦正明被殷衡和童晓充满期待的眼睛盯着，他们像是朝圣般地看着伟大、救苦救难的英雄，让他有点下不来台。然而他知道自己从没与区工商局打过交道，门朝哪儿开都不清楚。两位学生的一脸无助让他挺起了胸膛，硬着头皮说："走，我们一起去执法大队。"然后，让两位学生在校门口等一下，他要去学工部请个假。

等学生走后，秦正明立即拨通了未婚妻的电话，事情说了个大概。孔倩在电话里幸灾乐祸地说道："你的学生很能啊？"又补充一句："什么样的老师，就会带出什么样的学生。"原本一脸尴尬的秦正明,忽听到电话里发出"扑哧"一声轻笑时,他知道,后面有戏了。

孔倩是秦正明的同班同学,大学里认识,谈朋友,一直到准备结婚,感情很深厚。不过,孔倩是学霸,做事严谨、细心,秦正明既敬佩还有点敬畏。孔倩也知道秦正明热情、正义、有事业心,刚毕业就带一大帮子学生,没比自己小几岁,不容易的;再说了,现在的学生不好带,哪有自己上大学时候单纯、听话,成天就知道读书。孔倩的父亲是市公安局的副局长,很宠这个宝贝女儿,不过家教很严。

"那你想怎么办呢?"孔倩问道。

"先去区工商局执法大队了解一下情况吧,学生被带走了,总归要领回来的。"秦正明回道,"不过我不知道地址,你先帮忙查一下,我在办公室等你电话哦。"

孔倩知道,秦正明急性子,马上就去问了老爸的驾驶员,一会儿回电告诉了爱人。随后叮嘱道:"今晚我爸生日,要回来陪他喝酒,千万别迟到了哦。"

半小时后,秦正明带着殷衡和童晓骑着自行车来到了执法大队。执法大队底楼左边的房间里,一位穿着制服的中年女干部正在给黄振明做笔录。女干部问一句,黄振明回答一句,他真的被吓坏了。

说明来意后,执法大队的许队长很客气地说:"这是我们区局督办的案子,涉嫌违法,现在抓了现行,我们做完笔录准备上报呢。"

殷衡立马站出来说："这些书都是我的，是我让黄振明帮忙的，你们别乱抓人，有事情找我，和我同学黄振明没关系。"

许队长平时执法时颐指气使惯了，今天见到医大的老师，原本也想装个斯文，客客气气解释一下，打发走就算了；然后再立个案，罚点钱，给那个郭科长有个交代，毕竟是一帮穷学生嘛。现在听殷衡讲义气、冒头充大，便一时也忘了斯文，板着脸说："有没有关系，待会儿就清楚了。不过你们这帮知识分子也太目无王法了，算你一个。"转头对着站在旁边一脸凶相的胖子命令道："小王，投案自首的，带进去。"胖子连忙回道："是。"准备上来拉人。

秦老师一见就火了，忙挡在中间不准拉人，提高了嗓门说："也没听说学生勤工俭学，卖给同学几本学习资料就是违法，太小题大做了吧。他们都是我的学生，你们敢动？"

许队长哼了一声，厉声说道："哟，想跟老子搞对抗啊，这是冲击执法机关，知道吗？"事情就这么闹僵了，秦正明和殷衡一起被扭进了左边的房间。

童晓一看不对劲，连秦老师也被关起来了，一下子吓愣了。等缓过神来后，马上出去找公用电话，接通一附院心内科病房，找孔倩去了。

不一会儿，一辆市公安局的警车飞驰过来，停在了执法大队的院子中间。年轻的驾驶员抬头、挺胸、收腹,迈着标准的军人步子,向执法大队队长办公室走去。又过了一会儿,秦正明带着两位学生出来了,这回许队长满脸堆笑,边送边说:"误会了,误会了。大学生爱学习,我们绝对支持,以后都是受人尊敬的大夫嘛。"

"那这个案子呢?"秦正明脸上怒气一时半会儿还没消,问得有点生硬。

"没立案,没法立案啊。全都是外文,老外写的书,到哪里去找受害人啊?秦老师放心,我待会儿就把搜来的书送到您办公室去。"许队长一脸正经地回道。

警车呼地从四人身边开了出去,车窗内一位年轻英俊的警察在开车。

眼镜老徐急匆匆赶回学校,见到殷衡讲了个经过,知道没事后,又急匆匆赶回医院去了。

那晚,秦老师在未来岳父的生日家宴上,喝得酩酊大醉。第二天醒来,又被未婚妻训得狗血喷头。

第十三章

大学二年级很快要结束了,殷父来信告诉殷衡,小妹最后还是选择考了师大,提前录取;季萌也如愿考上了申城的一所医科大学。家里鱼塘第一批鲢鱼全都卖完了,准备扩大养殖面积,增加新品种。欠的债也差不多还上了。殷衡回信告诉父亲,他想出去走走,看看祖国大好河山。

暑假,殷衡没回殷家宅,与眼镜老徐喝了顿酒,深谈一次后,坐上了去北京的火车,他最想看的是祖国的首都。

登上开往首都的火车,随身听的耳麦中正在播放新闻,台湾当局公布了《台海两岸关系说明书》,表示坚持统一目标,坚决主张"一个中国",反对"两个中国"与"一中一台"。但歪曲了台湾问题的由来,是不符合历史事实的。

出了火车站,殷衡在王府井附近找了个招待所住下来。他一路上做了很多功课,排了很多计划,要去看天安门的升旗仪式,故宫的流金岁月,圆明园看残垣断壁,长城的伟岸沧桑……返校路上，心里已是沉甸甸的。

三年级的课程更紧张了，与临床相关的课程一一展开，病理学、心理学、诊断学、医学影像学等等，上完理论课后，还要到医院去见习临床病例。殷衡和同学们频繁穿梭在基础部和附属医院之间，好在，他一直保持着旺盛的精力。

学校的生意也一直维持得不错，不再需要花太多的时间和精力去经营，进货和销售工作已经交给了黄振明，低年级的一些师弟师妹们也有参加进来的，都经过了他的考察。在他们身上，能依稀看到自己刚进大学时的影子，想到那时就会会心一笑。

郭山终于拿到了美国大学的入学通知书，准备到美领馆面签后，就去留学。在秦老师的强烈建议下，他还是办了休学，没办退学。也许，对于自己的学生，秦老师还是想能给他们留后路的，一定要留好，万一回来了呢。

郭山出国前的一个周末，朱一环提议全班同学凑份子钱，一起搞个欢送晚会。殷衡包了学校歌舞厅搞个专场，班级同学差不多都来了，连秦老师也来参加。黄振明特意去小卖部买了很多啤酒、零食和水果。朱一环主持了欢送晚会。

秦老师那晚激动地说道："郭山和你们在场的所有同学一样，是我带的第一批学生，也是第一个出国留学的学生，说心里话，我很舍不得。不过只要大家有很好的发展，我都尽全力支持。我不期望大家将来个个能成为大城市、大医院的著名的专家、教授，但希望你们能学成归来，报效祖国。我不期望你们会一辈子从事医学专业，但希望你们不要忘了我们曾经发过的誓言：把我的一生奉献给人类。我不期望你们能一直记得我，但希望能经常回来看看母校。"全场静寂，郭山泪流满面。最后有同学带头鼓掌，场内掌声一片，震耳欲聋。

大家喝着啤酒，唱着歌，跳着舞，聊着天。白衣学子们紧张的学习生活，是需要舒缓、需要释放的。

童晓深情地看着殷衡，他俩跳了一曲又一曲。那晚，殷衡觉得欠着童晓一个吻，冲动了几次想凑上去，可他还是没有付诸行动。

一曲终了一曲又起时，郭山终于还是鼓起勇气，走过来邀请童晓一起去跳交谊舞。见殷衡一个人坐在角落里喝着啤酒，景宫也主动过来拉着殷衡一起下了舞池。

这边，郭山已经踩了童晓好几次。不过，跳舞只是借口，能在出国前不留遗憾地吐露真情才是他的目的。"童晓，上次看台上的事情，真的对不起，我想今天正式给你道歉。"郭山说着又踩了她一脚。童晓不由自主地将右脚抽回了一半，两人的舞姿变得怪模怪样。童晓照顾了右脚，就顾不了左脚，乱了节拍。回想刚才和殷衡一起跳着和谐默契的舞步，现在变得索然无味了。郭山毫无知觉，依旧摆着个功架，走着自己并不优雅的舞步,也没想着要带着她一起跳。童晓停下来说:"我有点累了,咱们去旁边喝杯啤酒吧。"坐到舞池边座位上,郭山重复了刚才的话。童晓大度地说:"没事的,只是个误会而已。"原本,郭山还想把自己如何喜欢她、出国后还会思念她、希望保持联系等想了一夜的告白,来个彻底地深情地表白。可是,看着童晓心不在焉、双眼努力找寻舞池中殷衡时,到了嘴边的话,也就缩了回去,再也说不出来了。

那边,景宫慢慢地贴近殷衡,两人完美地踩着音乐节拍跳着。景宫问:"听说你暑期一个人去了北京啊?"殷衡回答:"你怎么知道的?""看到你在学院报上发表的文章了呀,《论当代大学生的使命与担当》,内容有天安门升旗仪式的感悟。"景宫笑了一下说道。"那也不一定是我写的呀。"殷衡心中一颤,假装镇静地回话。"笔名是东临碣石,我猜一定是你,没错吧?"景宫又追问了一句。东临碣石的笔名是殷衡第一次用,没人知道,也不可能有人知道,包括童晓。殷衡点了点头默认了。当舞曲尾声时,景宫抓住殷衡的手在原地转了一圈,墨绿色的百褶裙随风飘起一圈圈涟漪。稳住身体的景宫,左脚轻盈地往后退一小步,拉起裙子微微一蹲,对舞伴致谢。一曲终了,场内、场外投来羡慕的眼光,只有童晓的眼神很忧郁。

舞会散了,没有机会表白的郭山带着遗憾飞去了美国。大家又恢复到紧张、忙碌、漫长的学习中去。

有一天，殷衡和童晓在食堂里坐在一起吃着饭。景宫又穿上了那条墨绿色的百褶裙子，端着饭碗走过，和他俩打了个招呼，转身先回宿舍去了。殷衡抬着头看着她的背影，像木头人般停顿着，忘了吃饭。童晓一时还没注意，轻轻碰了一下殷衡的手背，不锈钢饭勺"哗啦"一下就掉在了桌子上，把殷衡吓了一跳。童晓低头吃着饭，两行泪水就下来了。殷衡事后主动哄了童晓好几次，想逗她开心，越是这样童晓就越感觉殷衡在掩饰着什么。

如果有一个声音能让全世界的华人都安静下来，那就是邓丽君的歌声；如果满世界都飘荡着邓丽君的歌声，那是因为她永远安静了。以学风严谨著称的医大校园内，背负着沉重心情的学子们用聆听歌曲来表达对这位歌手的惋惜。

童晓最近心情有点压抑，原本开朗的她一直闷闷不乐，可能也是这个缘故。

第十四章

周末,殷衡提议要去鸡鸣寺放飞心情。在鸡鸣寺的大殿里,殷衡拿出一条项链给童晓带上。这是条景泰蓝的心形坠子,精巧的铜胎掐丝珐琅工艺,古朴典雅。坠子可以打开,里面有一个长着白色翅膀活泼可爱的天使,活灵活现。童晓心情大好,回来路上,嚷着要去吃老唐家的皮肚面。那根项链一直戴在童晓的脖子上,没摘下来过,殷衡心想,不知道这条项链能不能补偿欠她的那个吻。

那年,朱一环、景宫、童晓和殷衡同时获得学校"优秀大学生"的荣誉。殷衡在秦老师的力争下,被推荐到市里参加大学生创新创业评比,也获奖了。

眼镜老徐分配去了申城那家对口的市级医院当放射科医生,分进同一家医院的还有朱副校长的儿子"猪头"和他的一个铁哥们阿敏。

一群好朋友们又聚到了学校的舞厅,大家提议每人唱一首歌。朱一环拼命推脱，说自己五音不全，真的不会唱歌，让其他人尽兴，自己忙着去小卖部搬啤酒，请客补偿。而殷衡躲后面去了。

女生们看到话筒没讲客套，抢着、霸着。记得那晚，景宫唱的是陈淑桦的《笑红尘》："红尘多可笑，痴情最无聊，目空一切也好。此生未了，心却已无所扰，只想换得半世逍遥……"殷衡听着听着，想起滕飞已经好久没在校园里出现过了，也没听童晓说起滕飞和景宫的事情。

童晓死拽着殷衡上去唱了首《知心爱人》，两人唱得不比付笛声和任静差多少，至少在场的人都这么认为。

后一年，学校推行见习实习一体化教学，殷衡和朱一环分组到了二附院见习实习；景宫和童晓分组到了一附院见习实习。一附院和二附院虽然都在金陵市区，可一南一北，交通不是很便利。医大学院里的生意，殷衡已经完全脱手，放心交给了黄振明，按照眼镜老徐的规矩，他依旧拿着一成红利。

殷衡和童晓每天都要煲上半小时电话，以前在一个校园里，不敢说的心里话，在电话里、在传呼机留言里可以尽情地表白，两人心心相印了。在两家不同医院见习，他俩聊的话题更多了。很多次、很多次，当童晓在想念殷衡的时候，传呼机上真的就有了他留言："你在干啥，有没有吃晚饭啊，想我了没？"然后，童晓会飞一样去找公用电话。两人见面根本不用猜,不是在老唐皮肚面,就是在马记清真馆。童晓有时候觉得奇怪,约见面时,有意无意、甚至故意告诉殷衡一句"老地方见",两个人像是事前说好的一样,都会到同一个地方去。童晓会当着殷衡的面说:"默契能懂的是爱人。"童晓会在电话里告诉殷衡:"不求山盟海誓,只愿不离不弃。"童晓也会在传呼机上留言告诉殷衡:"情意浓时,爱会沦陷在彼此的世界里。"

以前和殷衡同寝室的王华和低一级的口腔系女生刘玲走到了一起。朱一环悄悄地和鲁菲发展成了地下恋情。

秃头老吴和林逸凡分分合合,合合分分,经常会成为同学们茶余饭后的谈资。那天,黄振明来找殷衡正巧提了一句:"那个秃头老吴发神经病,住到咱大学的附属精神卫生中心了,你知道吗?"殷衡愣了一下,心想不可思议呀,这家伙一直活得很潇洒,和高年级、低年级的都混得很熟,再说上次聚众赌博的处分已经取消了,秦老师公开说过不进个人档案的。这人虽与自己走得不远不近,但相互间都客客气气的,要说其他人还有可能,说秃头老吴发疯,要么说的人自己发疯了。想着想着,就起了好奇心,问了一句:"怎么会呢?"黄振明接口道:"还不是因为林逸凡嘛。"

全年级、全基础部都知道林逸凡吃定秃头老吴的,是个倒贴户。有次在影视厅,有小子骂了秃头老吴两句,林逸凡还拿汽水瓶扔人家。他们俩分分合合也有些日子了，有的情侣吵吵闹闹更恩爱；有的只适合相互尊重、举案齐眉。

殷衡没啥兴趣，也没接茬。可后来童晓悄悄说秃头老吴在医院两次割腕自杀，都被护士发现了。殷衡就来了兴致，追问了起来。童晓说："林逸凡在外面认识了个男朋友，一直瞒着秃头老吴。后来，她在妇产科医院做人流的事情传到秃头老吴耳朵里，秃头老吴就受不了了。"

殷衡唏嘘不已，回头看了眼童晓。童晓正瞪大了眼睛一眨不眨地看着殷衡，殷衡居然有了点心虚。

秃头老吴的家人从杭州赶来，在精神卫生中心对面租房子住着。殷衡、童晓、朱一环、鲁菲也去看过几次。秃头老吴坚持说自己没病，只是伤透了心。林逸凡一直躲着不敢去，后来索性通过家人的关系转学回大连了。

时间转瞬到了大学五年级，快毕业了。有的同学选择了考研，朱一环和鲁菲工作之余，天天泡在图书馆啃书本；有的选择了留校、留医院找个好工作，亲戚朋友忙着走关系，留一附院名单里有马骏和童晓；也有选择回老家找对口医院分配工作的，殷衡不用担心，他回申城会分配到和眼镜老徐同一家医院。童晓坚定地告诉殷家小子："我会跟你去申城。"

那天，殷衡跟着外科主任做完急腹症剖腹探查后，下台洗了个澡，赶到马记清真馆去和童晓见面。约好的下午三点见面，童晓从不迟到的。他见袁彩云笑呵呵地打着招呼，点了童晓爱吃的牛肉煎饺和咖喱牛肉粉丝汤，汤里加了一点点辣油，点点滴滴，红红的漂在汤上。

以往，三点一到，童晓一定会走进来，从后面亲一下殷衡的头，接着她会坐到对面，拿起调羹舀起汤来喝，不冷不热的牛肉粉丝汤漂着辣油，童晓怕烫，喜欢微辣，每次总是小心地吹着汤。最后，她会一小口一小口吃着牛肉煎饺。边吃边唠叨一周来的工作，同学间的趣闻。

三点过了，童晓还没来；

三点十五，童晓还没来；

三点三十，童晓还没来。

殷衡疯了一样冲出店门，骑上那辆凤凰老坦克。身后袁彩云拼命喊着："小殷，注意安全。"

他冲到三山街老唐家的皮肚面馆，扔下自行车往里面找。找了一遍，没有；再找一遍，还是没有。

他再次像疯了一样冲到路口，站在马路中间拦下一辆出租车，嚷着让司机快去一附院。

医院急诊间的抢救室里围满了穿着白大褂的医生和护士，病床上躺着一位年轻的姑娘，她苍白、美丽的脸上，溅着几滴鲜血，像飘荡在宁静河湾里的落花；脖子上还带着那条项链，景泰蓝心形坠子，坠子里面有个天使。美丽的姑娘已经静静地睡着了,不再会醒来。

她就是童晓,就是殷衡发了疯一样找寻的爱人。

殷衡低下头,轻轻地在童晓的嘴唇上印下了他的吻,那个欠她的吻。

第十五章

那年,"改革开放的总设计师"留给华夏民族一张宏伟的蓝图。

绛红色烫金封面的毕业证书上面有张青春的面孔,这是殷衡通向工作岗位的介绍信。回到了殷家宅后,殷衡闭门只做一件事,他要封存一段记忆。他拿出行李箱内那本红色绣面的日记本,开始追忆大学的故事,故事的主角只有一个女孩,那个为救路中走散小女孩,被汽车撞飞的姑娘,那个永远不会被人替代的姑娘,日记也只留给自己一个人看。

童晓用生命换来的小女孩,在一附院的SICU抢救了整整一个月,全市多次大会诊,命保住了,半个右脚面还是截了。

申城是座超级大城市,与金陵完全不是一种风格,处处体现着海纳百川的气势和只争朝夕的活力,尤其是"设计师"老人家指点了一下江对岸后,那里瞬间爆发出了无穷无尽的力量。高楼大厦如雨后春笋，连接两岸的斜拉索桥多了好几座。各色人等蜂拥而来，偌大的城市变得熙熙攘攘，川流不息。原本满眼满地的烂尾楼、马路菜场和马桶堆，包括一些历史的痕迹，一点点消失了。这些地方转眼就变成了大工地，白天黑夜"哐镗哐镗"，冒着烟、闪着电焊光，也飘着灰。高架、地铁、高速公路开工消息霸占了城市新闻。殷父说，市区往镇上的高速公路年底会开通。

　　单位报到的日子是7月底。眼镜老徐和宿管前几天已经打了招呼的，还塞给老头一瓶酒鬼酒和两条泰山烟。殷衡的寝室共安排住四人，实际上只住了两个人，还有两人已经拿到单位分配的房子，只是东西还没搬走。

　　应届本科毕业生共有十位，四男六女；硕士毕业生三位，两男一女；博士毕业生是位四十多岁的男医生，带着女儿和老婆一起也搬进了寝室。

　　迎新安排在了行政楼四楼的大会议室。院领导班子前排就座，各职能部门和科室大主任们齐齐刷刷坐在了第一排，会前闹哄哄地寒暄着。那些临床大主任们即使是在一个医院平时也很少能碰面。今天是来领新人的，每年这个时候，再忙他们也要来参加。

　　殷衡分配在了大外科。医院党办的彭学岩是年级主任秦正明的同学、寝室好友。秦老师提前大半年就帮自己的学生联系工作，软磨硬泡后，彭主任总算答应先安排殷衡在大外科轮转，后定专业科室。

同样分在大外科的还有三位，两位是申城医大毕业的男生，还有一位引进的博士生。在大医院，女生进大外科很难，即便是妇产科。

照例，副院长主持介绍了出席的院领导、各大主任，再一一介绍新进职工名字和毕业院校。职能部门熟练而简短地宣讲了医院的规章制度、待遇保障等。待年轻的院长沙萍宣布新职工的分配安排后，满头白发的姜大刚书记脱稿作了热情洋溢的讲话。他循循善诱，勉励的话、催人奋进的话、爱岗敬业的话，丝丝缕缕飘进新职工的耳朵里。前面一个个简短精悍的发言，原来都是在为他的长篇大论腾时间啊。当然，姜书记的谆谆教导不枯燥，也挺引人入胜的。在座的都津津有味地听着，有的进了心里，有的放在肚子里，还有的从另外一只耳朵飘了出去，忘堵了。

殷衡听得很认真很仔细，一边听一边去认识那些领导和科主任，尤其是大外科主任。这里是他的岗位也是战场，一切都是新鲜的。

这是家老牌的市级医院，医院建筑是20世纪由外国设计师设计的，占地很大，分前中后三排。前排，南面东西各一幢大楼，东面是口腔大楼，西面是门急诊大楼，中间是医院大门。中排只有一栋建筑,庞大的"丰"字形住院病房大楼趴在正中央,与前后排都相距二百多米,红砖青瓦,六层高。后排三栋建筑一字排开,靠东是医技大楼,靠西是中医和干部病房大楼,中间七层小高楼的下三层是医院动物实验室,上四层是职工宿舍,建筑间除了道路就是草坪和树木。一墙之隔的北面是家属大院,住的都是本院的职工和家属。

申城三十多家市级综合医院中,这家医院总体水平排在中游。

迎新会结束后临近中午,大家一起去医务科领了见习医生工作证、签名章,临床医生入职一年,考核通过后才可以转为正式医生。又到后勤去领了听诊器、白大褂和一些杂七杂八的生活用品。回到宿舍,看门老头正在"吱"的一声喝下一口老酒,见到殷衡后,很客气地点了点头。中饭在医院食堂吃的,用刚发下来的大陶瓷饭盆,菜明显比学校丰盛多了。

午饭后去了趟普外科,主任们一个都不在,经过护士站时,见到一大群护士在交头接耳,轻声地咬着耳朵,还不时抬头看看他。护士长领着他去见了支部书记,通知下午先熟悉熟悉环境。

第二天是周五,早上七点准时参加大交班,在示教室。

普外科病房在东面,一眼望不到头的过道将病区分为南北。朝南的大房间,每间有 6 张病床;朝北的房间放了 4 张病床。正中间北面是护士站,朝南是治疗室。病床上都是穿着病号服的病人,挂着造瘘袋、引流袋的,当然引流袋里有胆汁、也有尿液……

示教室内空无一人,宽敞明亮。

晚上,眼镜老徐不在寝室,说是出门去见个合作伙伴,约了明天晚上叙旧。这家伙在这里也有生意啊。

殷衡一个人在整理房间,边理行李边想着事。如果说五年的大学生涯是让自己羽翼丰满起来,那么从今天开始,自己就要为生活而努力了。他不知道的是,有一天,他也会走上为理想而奋斗的道路。

第十六章

第二天，殷衡七点不到就进大示教室。到了才发现自己已经晚了，里面满满当当站着一大堆医生，外面还有一群忙碌的。其中，朱晓东——那个高他两届的"猪头"也在里面。殷衡一眼见到他，朝他点了点头，又微笑着环顾了一下，算是跟大家打招呼了。

七点整，罗鹏主任进来了，后面跟着行政副主任、支部书记和护士长。示教室顿时一片寂静，大家鸦雀无声。罗鹏主任约莫五十几岁，大高个的，极其精神，殷衡已经在迎新会上见过了，还特意多看了几眼。

行政副主任通报了院务会的一些事情，诸如医保控费、床位周转率等等。支部书记也通报了医院姜书记的指示，内容很多很散，直到罗主任回头看他一眼后，马上收住嘴，觉得不合适又补充了一句："其他事情我就不在这里通报了，有关内容和个别同志谈吧。"护理部主任没怎么说话。

罗主任说，先欢迎一下新来的殷衡吧，医院安排在我们普外科轮转一年。没人拍手，支部书记倒是转过头来，和他微笑着对了一眼。

普外科共100多张床位，五个手术组，每组都有带组的主任、副主任、主治医生和住院医生，还有进修医生和实习见习医学生；护理部也是分组对接医疗组。罗鹏主任德高望重，是大外科行政主任，也统管着整个普外科，自己还亲带了手术第一组。殷衡就安排在第一组。

分组汇报下周重大手术的安排，让殷衡惊出了一身冷汗。

住院医生沈坤第一个发言："我们第一组目前收治病人22名，其中女病人10名、男病人12名含2张加床，下周出院10人；重大手术11台，其中5台胃肿瘤、4台肝肿瘤、2台乳腺肿瘤。"沈坤口齿伶俐，没有太长停顿继续汇报："第一位胃肿瘤病人基本情况……"整整讲了半个多小时，全部垂手背出来，条理清晰、分析严谨，就连基本信息、既往史、家族史、体检、生化指标、实验室检查、影像学检查内容数据都讲得一字不差。11位预手术病人的术前准备，手术安排，围手术期注意事项也讲得清清楚楚，交代得明明白白。殷衡听着听着，手心冒汗了。

全场医护人员都站着，像战士站岗一样，个个精神抖擞，听得也仔仔细细。主治医师、副主任医生和主任医生分别依次作补充，没人敢越级发言，也没人敢糊弄一个指标。

罗鹏主任打断了几次发言，问了几个问题，譬如13床胃肿瘤病人血色素住院前是多少，现在是多少，下一步怎么处理的，能恢复到多少，备了多少血，是全血还是血浆等等，沈坤都对答如流，答完后继续往下汇报。

接下来是第二组……一直到第五组。每组汇报的程序、内容基本差不多，个个都是训练有素，百炼成钢。

宣布散会后已经接近十点了，医生们哗一下子都冲到手术室去了。过道上的病房门打开，家属轻声细语地进来探望。

沈坤今天还没去手术室，在办公室写出院小结和等家属术前谈话。殷衡马上凑上去问道："你们太厉害了，都能背出来啊？"沈坤像是见到外星人般诧异地回答："这些都是自己床位上的病人呀，当然得清清楚楚啦。"说完后，就再也没机会和他聊天了，门口一大帮子家属已经焦急地在找他了。

殷衡一整天都在办公室。翻看着第一组的病例记录，看得仔仔细细，一字不落，还在黄色工作手册上做了很多记录。三点多，手术室涌出一批医生，其中就有自己的上级主治医师周文。

周文刚下手术，没吃上中饭，大口喝着办公桌上的茶水，雀巢咖啡的大瓶子里装了满满一大杯绿茶，一下子大半杯下去了，来不及咽下去的都溅到了自己胸口的白大褂上。喝完茶水后，他舒了一口气，爽朗地对着殷衡说："小殷，下周开始分沈坤 10 张床位来管，再带两个实习生哦。"殷衡马上站起来，恭恭敬敬地回答："好。""每天七点前，术后病人伤口要观察，药千万要记得换好，大老板会问的。"周文急匆匆地要出门，门诊还有几个病人在等他，走到门口又回过头来关照说："周一教学大查房哦。"大老板是指罗鹏主任，整个大外科都这么称呼他。

晚上，眼镜老徐拉着殷衡到医院后门的大红鹰餐厅吃饭，国营饭店，五大三粗地占着块黄金地段，招牌很老很脏，店员三三两两地穿着白色油腻的工作服，服务态度不好，菜炒得一般，不过胜在量很大。医院很多小年轻都爱来这里吃饭。

"徐哥，你说咱们的职业装，和他们很相近啊。"殷衡嘻嘻哈哈地说了一句。眼镜老徐点了三菜一汤，又要了一瓶四特酒。两人好久没坐下来叙叙了。

眼镜老徐正想开口，忽见殷衡眼泪汪汪，泪珠大颗大颗流下来，起先是抽咽，而后是号啕大哭，哭得气都喘不过来，整个人都抽搐起来。眼镜老徐过去，拼命拍他后背，过了好一会儿，脸上才恢复血色。男儿有泪不轻弹，只是未到伤心处。两人沉默着低着头，眼镜老徐一口闷了大半杯酒，先开了口："兄弟，您不容易啊，咱喝一个。"殷衡拿起酒杯一仰脖子，轻轻地说了一句："徐哥，这是童晓走后我第一次哭，哭完了，我也就不哭了。"

眼镜老徐扯开话题，告诉殷衡，医院这两年变化很大，引进人才也多，最近心内科直接引进了一位科主任，还带着两个自然基金课题。在这种市级医院，今后竞争一定会很厉害，要么继续考硕读博，要么转行，否则很难有前途。

"你们普外科罗鹏主任很厉害的，市里面名气响，你这次分到第一组运气好，好好干有可能留下来呢。医院里和部队也差不多，就看你跟着哪个老板了。第一组号称嫡系部队。"眼镜老徐边说边鼓励着殷衡，"不过要求很严的，一年也休息不了几天，这老头精力充沛，天天七点不到就去病房，你要做好思想准备啊。"眼镜老徐一脸幸灾乐祸的笑容。他自己在放射科混得很自由，本科生进放射科算是非常有优势的，同事们大多是卫校放射专业毕业的中专生。科室这两年添置了很多新设备，MRI、CT大型设备也逐步到位了，临床申请检查的单子很多，周边小医院也会推荐过来，可以提成，收入很不错。

医院这几年已经悄悄地把那些不赚钱、甚至贴钱的传染病病房、精神病病房和儿科病房调整给了外科、内科、妇产科。过一段时间，看看其他医院也是这样，连这些门诊也停诊了。传染科人员要分流有难度，就继续保留着，给个全院平均考核奖金。

眼镜老徐换个话题说道："若要在申城成家立业，啥都需要钱,申城可是认钱不认人啊。最近传房子、娘子、儿子、车子,全靠票子。再说了,现在医院排队分房子的人很多,领导干部、高年资医生要优先吧,结婚生孩子的要考虑吧,引进人才要特殊调剂吧,轮到新职工不知道猴年马月呢。医院收入不高,一年拼死拼活也就一万多。外科医生有手术津贴稍微高些吧。"

眼镜老徐提到的分福利房,就是医院北面的家属大院,号称"中南海",有好几种房型,最小的20多平方的一室户,给排队等结婚的职工用的。也有一小部分不在这个小区里的。

"你去证券交易所开户了吗?"眼镜老徐问道,见殷衡摇头,便有些急切地说:"下周快去开一个,启动资金6000元,手头没有的话,我先给你垫上。"殷衡本想说,自己对金融、股票一窍不通,听眼镜老徐这么一说,也就点点头:"钱够了,是西桥头那家吗?我看那里每天人山人海。"眼镜老徐点点头说:"股市这两年玩疯了,反正都是轿子众人抬,就比谁胆大,我觉得挺公平的。你若有机会进场,也可以赚他一笔的。我最近已经赚了好几万了,不等医院分房子了,也等不到,说要啥结婚证,上哪开去啊?等有看中了的商品房自己贷款买一套。到时候,你和我买一个小区噢。"

殷衡很羡慕、很崇拜这个大哥,他想出来的、做出来的事情,虽非主流,可事实上都赶在别人前面了。所谓普通人谋事、聪明人谋势、智慧人谋时,眼镜老徐看得远,在学校里做生意风生水起胆大心细，在单位里选专业科室也不随大流，今天谈起的炒股票、买商品房，都是连医院大主任都不敢想、不去做的事情。也许，有一天会证明徐哥说的都是对的，殷衡相信眼镜老徐。

后来的大半年，殷衡天天泡在病房间、手术室、办公室，没有节假日，没有休息天，寝室像旅店，就差有个人给他洗衣服、换被套。

第十七章

殷父打电话想让儿子回家一趟,农历七月半要到了,家里祭祖。儿子一直说忙,让殷母替他多磕几个头,待过年回家时再给老祖宗们补上。小妹说一定回来磕头的。在申城医大读书的季萌,约着小妹一起回到了殷家宅。

祭祖那天,殷父殷母两人吃力地搬出了家里的祖宗牌位,乌漆嘛黑,似铁非铁、似木非木,足足有一米多高、十几厘米厚、三十厘米宽,上刻"殷氏堂上历代高曾祖考妣之神位",字是去年用漆描红过的,牌位恭恭敬敬地放在了厅堂的八仙桌上。

殷母下厨房忙去了,小妹帮忙打下手。殷父用干绒布一寸一寸地擦拭着牌位,擦好后又朝正南位移了移。紫铜烛台和香炉也是一个风格,老辈传下来的,水果、糕点是昨天去镇上买来的,用干净的、内胎刻有"殷"字的大瓷碗装了摆上。

八仙桌上依次摆放了十副酒盅和竹筷,规规整整。大红的蜡烛点燃后，殷父轻轻地掩起了两扇大门。殷母从厨房将烧好的菜端到桌边，殷父接过后上桌，两人几十年来一直分工有序、配合默契。一会儿半生的红烧河鲫鱼、油豆腐塞肉、全鸡全鸭、猪蹄猪脚放满了八仙桌。殷父给每个酒盅小心翼翼地樽上酒，酒是十年陈的罗汉酒，每隔半小时樽一遍；当第三次樽完酒后，殷父端上了热腾腾的大米饭。过了一会儿，殷母从内厢房搬出蒲团放在地上，又将一大箱子用锡箔折叠好的元宝，分三堆放在了庭前天井里，中间一堆堆得特别高。

殷父第一个虔诚地跪拜在祖宗牌位前，双手合十，祈求祖先保佑全家，平平安安、健健康康。默念完后，一连磕了九个响头，之后是殷母和小妹。最后，殷母再次跪了下来，在牌位前念道："儿子今年忙，赶不回来给祖宗磕头了，我来代磕。"这几个头也磕得实实在在。

殷父拿起一只红纸折叠的元宝，在大红蜡烛上点着，引燃了三堆锡箔元宝，一会儿都燃尽了，留下三摊金黄金黄的锡箔灰。一阵秋风掠过，金黄的锡箔灰扬起飞舞，随风飘散在河湾里。

每年的七月半，殷家宅家家户户都在祭祖，每一代子孙们从记事起在记忆中就有了烙印，这和吃饭、穿衣一样寻常和重要。后来，听说这也是道教中元节、佛教盂兰盆节。追思祖先，感恩孝悌，原本就是炎黄子孙的自性流露。

普外科的节奏飞速转动。殷衡睁开眼的那刻，满脑子是换药、拆线、备皮、插导尿管；闭上眼的那会儿，满脑子还沉浸在病程录、家属谈话、死亡病例讨论里。走路是踩着风火轮的，不过医生们的风火轮，绝没护士们的效率高。普外科的护士们可以高速运转，不间断地穿梭在病房里，还不需要维修保养，她们的一个班次是全程打了鸡血的。

一天，护士站的传声器里发出紧张的叫唤："9号床女病人突然昏迷，请床位医生赶紧过去。"殷衡正在写入院录，听到后扔下笔冲了过去，一边仔细询问家属："什么时候发生的，吃过什么东西没有？"一边迅速搭脉搏，量血压。

罗鹏主任正好下手术经过，进去一看后，低头闻了闻病床上的一摊尿液，伸出舌头舔了一下，他居然真的是伸出自己的舌头去舔病人床单上的尿液。舔完马上说道："快开通静脉补液，加胰岛素，心电监护，是酮症酸中毒。"

殷衡原本想着加急做个血气、血糖检测，再考虑怎么处理，哪知道罗主任一闻一尝就明确了诊断，治疗措施立即到位。病人很快就苏醒了过来。

殷衡一直在想，如果是自己，会去舔病人的尿液吗？他想了很久，最后还是觉得自己没有勇气。

12床病人的家属一直来商量说要回家。是位急性胰腺炎的女病人，已经正规治疗了一个多月。复查腹部CT多次，炎症吸收还是不完全。那天，家属又吵着要出院，殷衡劝着说："等最后一张复查CT出来，我们看到没事了再走吧，否则要出事情的。"哪知道，下午家属就带着病人自行回家了。等拿到CT片后，发现患者胰腺炎形成假性囊肿，随时可能溃破。

罗鹏主任大发脾气质问护理部："病人是谁放走的，出了人命，你们要负全责。"吓得护士长马上过来一个个追问。

"现在问有什么用？"罗鹏主任让医院派救护车送周文和殷衡马上去病人家里，还撂下话说："你们给我跪着也要把病人给接回来，这是命令。"

病人回来了。手术室亮了一个通宵，直到第二天清晨，病人才安全送回SICU。

第一手术组的医生们半坐半躺在更衣室里，大家狠命地吸着香烟。那天是殷衡第一次吸烟，从此没有戒掉过。

季萌在申城医大念的是四年制的卫生管理专业。在大学属于新兴学科，以前也没听说过管理是大学老师教出来的，尤其是卫生。与传统的临床、口腔、公共卫生专业就业去向不一样，不包分配。听老师同学说，这专业没有机会进临床的，顶多在医院管理部门打打下手。因此她心里一直不是很痛快，后悔当初高考填志愿的时候，在"同意调节志愿"栏里打了勾。

明年就要毕业了，很多同学都在担忧自己的去向。家里有路子的，想办法拼命往卫生局、防疫站这些事业单位挤。那些单位以前叫机关，职业生涯一眼看得到头，可以稳稳当当地养老，也可以天天"清茶一杯、报纸一张，朝九晚五"。

后来那帮同学的发展，她根本看不懂。没几年，这些没碰过临床的卫生管理班同学一个个噌噌地往上蹿，变成了科长、处长，大有指点江山、挥斥方遒的趋势。管理起临床医学和临床专业来也是一套又一套，拿出的政策一堆又一堆，一会儿搞"医疗费用总量控制"，一会儿又搞"单处方控费"；今年把"企业医疗机构划归地方"，明年又鼓励"医疗市场多元化"，大有不破不立的味道。一大批改革专家和教授真的火了，卫生管理圈内称"翻烧饼"式创新，正向推进式改革，翻过来批判纠正也是改革，反正都可以往创新上套。

医院里经历过十年浩劫的专家教授，又开始有点战战兢兢了，不过这次他们还有点懵懵懂懂。

再后来，这些在机关的卫生管理班同学有了个很好听的名称叫"公务员"。全球化的趋势，在古老的华夏大地上，催生了很多产业，造就了很多资深人士，当然也让一些人发了财。

周末下午，从殷家宅回来，小妹顺手把殷母带给殷衡的菜递到了季萌手里说道："你转一部车就到我哥单位了，你帮我送过去吧，我晚上还有事呢。"狡黠地笑了一下，就下车了。上次季萌陪着小妹去过殷衡工作的医院，确实离自己学校不远，一部车直达。不过这次是一个人去，想到这儿她白净的瓜子脸上有点发烧。

到医院宿舍后，见殷衡的房间门紧闭，敲了几声也没见里面有动静，季萌就去门卫老头那边打探。门卫老头正巧又在喝酒，玻璃小酒杯里刚倒进去一两多罗汉酒，酒是殷衡送的。这罗汉酒算是本地的好酒，喝的人不多，市场上也没有仿冒的，入口窖香浓郁、绵甜爽净、回味悠长。一口下肚，门卫老头见人就说："实诚。"见是一个小姑娘找殷衡，还带有本地口音，便问："殷家小妹子吗？没见过啊。"季萌看似腼腆，说话做事一干二脆，从不拖泥带水，利利索索地回答："师傅，我和他是一个村里的，他妈让带吃的给他。"

门卫老头乐了，只要殷衡有吃的，自己铁定能沾光。站起来身来，拖着拖鞋径直往过道去。"这老头站着和坐着差不多高啊。"跟在后面的季萌心里想着，一下子没憋住笑出声来。

门卫老头拿着拳头，在宿舍门上"咚咚"砸了几下，转头告诉季萌："昨晚连开了好几台手术，我见他刚回来睡觉。"又"咚咚"敲了几下后，门卫老头听见里面有脚踢凳子的声音后，看也不看季萌一眼，径直回办公室继续喝他的老酒了，酒对他的吸引力大着呢。

穿着内裤光着上身的殷衡连眼睛都没睁，摸索着开了门，嘴里嘟囔着："下次没带钥匙就别回来，在科室混着吧。"他还以为是室友呢。

房间里阳台门没关、窗帘没拉，殷衡翻了个身又睡过去了。床边凳子上都是脏衣服，一股汗味，估计好久没洗了。见殷衡一时也醒不了，季萌犹豫了一下，爽利地抱起了脏衣服，走到盥洗室去。

第十八章

后来，季萌会时不时地过来洗衣服、换床单被套，不管殷衡在不在。门卫老头每见她一次就说一句"来啦"。

殷衡接到过医院女孩子悄悄递来的情书，不过他从不回复，那些女孩很失望，觉得他看不上自己，背后说他："太清高自大了。"医院的阿姨姆妈也有给他介绍女朋友的，他不是推脱说没空见，就是见了也没下文，阿姨姆妈们也很失望，私下咬耳朵的时候会说："不知天高地厚，不识抬举。"后来这种事情渐渐少了起来，最近好像变没了。

那些个女孩子、阿姨姆妈们曾经的不快，在脸上消失了，见到他时反而越来越觉得他重情义了。一开始殷衡没怎么在意，可时间长了总觉得哪里有点不对劲。有次，科室的护士说起："你那个娃娃亲不错啊，还经常给我们带东西吃呢，谢谢啦。"

原以为大家开玩笑，哪知道，他一问身边的同事，大家都知道自己村里有个一起长大的、指腹为婚的娃娃亲。殷衡一脸无奈，心想让人去传吧，自己也好少些麻烦。想着想着一个身影出现在了他的脑海里，心情抑郁了起来。

殷衡最近对身边的事情渐渐上了心，觉得不对劲的事情还真不少。

寝室里，书桌上会多些零食，像话梅、饼干、饮料等；门口不经意间多了个简易布料衣橱，自己换洗的衣服干干净净、整整齐齐挂在里面；床上的枕巾、床单、被套也换成了粉红的……当然不止这些，有时候抬头显眼地方还会看到张便签纸贴着，提醒别忘了吃早饭啦，少抽烟多运动啦等等，不用猜也知道是季萌来过了。殷衡觉得季萌来照顾自己有些难为情，也会留张字条感谢一下，有时候会送些小物件给她。

那天，罗主任把他叫到办公室说："殷衡啊，我有两张美国大片《真实的谎言》的首映式票子，你拿着和那个，那个，娃娃亲女朋友一起去看吧。"殷衡想着怎么连罗主任也知道得这么清楚啊，正巧季萌过来就约了她一起去了。

电影真的很精彩，每到紧张的时候，季萌就会紧紧地抓住殷衡的手。一开始，殷衡有点不自然，回过头看季萌正神情专注地看着银幕呢，根本没在意。后来，后来到紧张处，殷衡也就主动握住季萌的手。

病房里，原本胃肠道手术都是靠手工缝合，黏膜层、肌层、浆膜层一层一层从内往外缝。现在各组都在使用进口的吻合器，手术时间明显缩短，吻合口漏也少发生了，直肠癌保肛率明显提高。

癌症术后一直使用传统的5-Fu+MMC化疗方案，最近也被进口自费药取代。不过，需要家属自己去指定的药店购买。当然，病人出院的费用也在大幅增加。病房里医药代表的身影多了不少，高年资医生们开始有点神秘起来。

直到有一天，大外科行政例会上，罗鹏主任大着嗓门臭骂骨科主任。站在过道上，骂声也会一字不落听得清清楚楚。普外科护士长马上请殷衡等几个年轻医生，守着门口别让家属靠近。里面只听见罗鹏主任质问骨科主任："你们居然连十四五岁的孩子的稳定型下肢骨也要放进口钢板啊？你们的诊疗常规、治疗原则呢？我们是医生、是白衣天使，不是厂家的推销员。"

骨科最近真的很过分，手术植入性钢板全部用进口的，国产的一律不用，医院也不进；术前谈话时医生告诉家属说："我们这里不用国产的钢板，要用到其他医院去试试吧。"在申城又找得到哪家医院在用国产钢板，又有那个医生在使用国产钢板呢？事实是，进口钢板比国产的贵上十倍，还是家属自费的。

以前《术前谈话单》只有手写的四五条，后来变成十几条，再后来就有了几十条，医院索性把它统一印刷好了发给各科室。医院里的商业味道越来越浓了。

可是，又有谁去阻挡这滚滚潮流呢，又有谁能阻挡得了这滚滚潮流。全申城，乃至全国，大医院、中医院、小医院，都在采购大型医疗设备，都在使用进口医疗器械，都在推荐进口化疗方案。

殷衡忽然间发现，以前学的望闻问切不再重要，临床真的离不开CT、B超，也离不开实验室生化检查了。似乎上面也在暗示多检查、多开单。

病房里的病人家属刚交了几千元钱进去，没几天收费处又来催缴了。殷衡渐渐觉得，病人、家属也不大尊重他们了。

景宫考上了医院心内科主任的硕士研究生，估计国庆后就会过来，也住在寝室楼里。

听说，秦老师已经离开医大，去了政府机关。

"猪头"朱晓东已经从普外科转到急诊去了。当然，这是罗鹏主任的意见，理由是"外科日常工作太多太忙，影响他在外面的重要事务。"可是"猪头"只是一个普通的外科医生呀，明眼人觉得这个评价有点意味深长。可去了急诊没几天，医院真的"慧眼识才"提任他为综合办副主任，负责对外协调的重要事务。估计罗鹏主任听到这个任命后，也会大口吐血，感叹世事弄人了。

第十九章

外面业务很忙的不光是"猪头",还有眼镜老徐。

医院放射科三班倒,卫校毕业的医士们比较辛苦,需要接待病人,拍好片子,交给医生们读片。急诊要求一小时出报告,连同打印好的胶片一同交给临床医生自己去看。外科医生都有自己读片的习惯,反而放射科的报告仅作为参考了。慢诊是一周出报告,要求提高工作效率后,提前到三天出诊断报告。

医生们下班后,基本不用加班,有接班的会处理,大家形成默契,因此放射科一团和气。也有值班不忙的时候,躲在里面打打牌,喝喝酒的。眼镜老徐最近经常让人替他当班。不过,他平时做人慷慨大方,经常会给点小恩小惠,大家还真的挺愿意帮他忙的。科主任也睁一眼闭一眼。

最近股市不错,眼镜老徐自己一直在做手工K线图,用红、蓝、绿、黑几色标注,长期跟踪着这只股票基本面、年报以及成交量,最近发现有大机构建仓迹象。他选了个挖坑的时机一下子将全部家当投了进去，全仓买进这只股票。殷衡没空，股票账号在他手上，也帮他全仓买进。最后，眼镜老徐悄悄地告诉了放射科主任，建议可以跟进。放射科主任一听，毫不犹疑地脱了白大褂拉着眼镜老徐就出门，直奔西桥头的证券交易所。

放射科主任一脸认真而严肃地当着科里同事们说："小徐这两天要替我去参加个学术会议，我们几个重新排一下班，帮他顶一顶。"然后对眼镜老徐说道："这个学术会议很重要，你要认真听，更要有收获哦。"

证券交易所，一个不苟言笑的瘦高个年轻人，天天上午九点半到中午十一点半、下午一点到三点，准时坐在大屏幕前。身旁一会儿是个织毛线的大妈，一会儿有个提着茶杯的老大爷。其他人有说有笑，相互调侃着，看个大屏幕会发出"嗷……"的喜悦声，也会发出"唉……"的叹息声，只有这个年轻人充耳不闻，透过厚厚的眼镜片死死地盯着交易大厅那三块超大电子屏幕，寻找滚动跳跃的数字。那只股票的显示，一会儿出现在中间屏幕，一会儿又跑到左边去了，不过只要一闪现，就被眼镜老徐迅速捕捉到。

价格继续下探，四天半已经跌掉买入价的55%了。眼镜老徐两手都是汗，身子也有点发冷，从早上到现在他没喝过一口水，也没啃过一口面包。今天是周五，一周的最后一个交易日，现在是下午14：25。突然，那只股票的数字由绿变红，眼镜老徐拳头捏得更紧了，一直毫无作为的盘面，在最后半小时里放出了天量，像是千年休眠火山突然间喷发。至收盘，全天振幅16%，成交量高达35万手，成交金额10多亿，换手率14%以上。眼镜老徐一拍大腿，大叫一声"妥啦"，坐在身旁的人大吃一惊。那位织着毛线的大妈不小心针戳到自己手上了，端着茶杯的大爷一口水没吞下去全都咳了出来。他们看着眼镜老徐的背影，瞪眼啐了一口说道："又是一个疯子。"

眼镜老徐在高位选择把股票全都抛了。他说自己只吃甘蔗的中间一段，其他的留给别人吧，后来那只股票又疯拉了20%以上，随后一路下跌，跌到今天还没爬起来。眼镜老徐、殷衡和放射科主任赚了个盆满钵满的，超过他们在医院干上一辈子。有次殷衡问眼镜老徐，你为啥会选择在这个价位抛呢，真神。眼镜老徐推了推厚厚的眼镜片，说道："当人恐惧的时候，我要疯狂；当人疯狂的时候，我要小心了。你想连交易所门口卖茶叶蛋的老大娘都敢把钱往股市里投，我怎么敢再玩下去啊？"说完若有所思。在金钱面前，有的人会选择取之有道，有的人却选择出卖灵魂。

那天晚上，朱晓东的未婚妻吞安眠药自杀，家人及时送医院洗胃，第二天转危为安了。"猪头"是第二天一清早，带着宿醉赶到医院抢救室的，不断地打着酒嗝问着医生："她应该没事了吧，没事了吧，怎么会这样？"

第二十章

季萌毕业应聘去了一家美国医疗公司市场培训部。这家美国公司进入中国有几年了,产品涉及大型医疗设备、高值耗材和实验室试剂等,门类齐全。她在的市场培训部不需要做临床推销产品的工作,主要是赞助学术会议、安排外出考察培训等。

景宫来报到了,不过是在大学的研究生部。殷衡原想去接的,后来听说她父母开车一同送过来,也就没去。得知她安顿在寝室楼六楼的两人间,殷衡上去打了个招呼,约好晚上一起小聚。

景宫出门时换上了黑白小碎格子的连衣裙,外面套了件米黄色的开衫。来到大红鹰饭店门口时,她停顿了一下,觉得自己应该穿套运动衫出来。殷衡问她喜欢吃什么菜时,景宫说自己不挑食的。两人在一张靠窗的小桌子前坐下,景宫掏出自带的餐巾纸,反复擦了几遍椅子和桌面,也帮殷衡擦了。菜还没上，茶壶里的开水已将碗筷杯碟烫了一遍。点的还是三菜一汤，景宫不喝酒说白开水就可以了，殷衡要了瓶啤酒。景宫问服务员要来了公筷，给自己夹菜，也给殷衡夹菜。两人说话有点谨慎，心里想的是同一个人、同一件事，但都没提及。场面有些尴尬了，景宫就问殷衡现在工资多少啊，常回河湾吗，殷衡笑着回应，也问她："申城这几天闷热，寝室里没空调，怎么办？"景宫说："没事的，开窗吹电风扇吧，以前大学宿舍也没空调的。有次期末考，晚上热得实在受不了了，童晓还专门去问食堂要来一大脸盆冰块呢。"刚说出口她就知道错了，可已经收不回来，两人稍显尴尬。饭后一起散步回寝室，景宫问："礼拜天有空陪我出去逛逛吗？"殷衡点了点头。

周末，两人去了博物馆、外滩和城隍庙，晚饭选在九曲桥旁的南翔小笼馆，当蘸着姜丝和醋吃着小笼包、喝着蛋皮汤时，两人仿佛又回到了从前，只是中间隔着点什么。

季萌最近来得比较多，有时候也会跟着殷衡、景宫、眼镜老徐一起小聚，听着大家聊天也会插上两句，不突兀很得体。

殷衡一直对时政非常感兴趣，也特别关心国内外大事件，譬如克隆牛诞生、高校合并，还有美国空袭伊拉克等等，时不时会谈论起自己的想法。季萌很喜欢听，景宫对这些是没兴趣的,她一直在向季萌了解美国公司的科研资助政策。

有时聊到最后,只剩下殷衡和眼镜老徐对话了。两人的观点经常会高度一致,可是落脚点踩在不同的船上。譬如,他俩都认为自主科技创新是中国的未来。眼镜老徐会想到"银河号"事件后,中国一定会拼命发展导航系统,他已经把自己三分之一的资金买了"北斗星通",也给殷衡配置了三分之一,他说这个股票要好好拿上个几年。殷衡会想到大量进口医疗器械和设备进入医院,国产医疗设备制造业会被压垮会扼杀,国家应该尽快出台保护政策,支持民族企业创新发展。

最近殷衡基本上就是科室、寝室两点一线,准备着考研读博。他想明白了,要想在医院发展,尤其是在这种市级医院一定要有所建树,只有这条路才能提高专业水平。

那天晚上,眼镜老徐匆匆找殷衡,进寝室后顺手把门关了。坐在对面床铺上一本正经地说:"兄弟,我要结婚了。"

殷衡一下子从床上坐了起来,高兴地说:"恭喜恭喜,新娘是谁啊?""袁彩云。"眼镜老徐说道。

"啊,是她?!马记清真馆的小袁吗?"殷衡觉得有些意外,又觉得这是冥冥之中的天意。

眼镜老徐似早有准备地说道:"对呀,就她,小老乡,你也熟的。今天来和你商量筹办婚礼的事,你做我伴郎吧。伴娘是谁?你考虑一下,到底是小季还是景宫。"殷衡一下子愣住了,有点不自在。

眼镜老徐用股市赚来的钱已经在附近楼盘买了两套商品房，面积都在一百多平方。其中一套是用袁彩云的名字买的，还给她申请了"蓝印户口"。房子已经装修得差不多了，结婚用；另一套放着，要不要出租还没打算。今天来找兄弟商量，是劝殷衡不要再犹豫，快买房子。他觉得最近政府鼓励大家买房子，政策很宽松，不能错过。

"我爸春节时给我一张农行卡，里面存了二十万，是这两年养鱼赚的，要不徐哥你看够吗？"殷衡说着掏出自己的皮夹子，里面除了那张蓝绿色的农行卡，还有自己的工资卡、奖金卡和股票第三方存管卡，他拿出农行卡递给了眼镜老徐。

"银行卡你先自己拿着，我帮你去看，钱不够就贷款，我也贷了。"眼镜老徐把银行卡推了回去，又补了一句："你和你爸商量一下吧。"

"不用了，他也催过我好几次。"殷衡说道，"我爸妈早商量过了，男大当婚、女大当嫁。男方总归要先有个房子吧，否则谁会嫁给你。徐哥全拜托你了，我最近要备考，准备熬通宵呢。"

"也好，就这么说定了。你股市里也有五六十万，先不动。"眼镜老徐说完起身要走，回头又贼兮兮地冒了一句："伴娘的事情，我可做不了主哦。"

第二十一章

最近急诊室不大太平,经常有刀棍伤的病人,从北面城乡接合部送过来就诊。昨晚又送过来几个,有个病人双手十个手指浅、深肌腱都被利刃割断,骨科值班医生一直清创缝合了一夜。

那天半夜,病房收治了一位八十几岁老头急腹症入院,板状腹,休克状态。家属陪过来一大堆,说是儿子、女儿、媳妇、女婿们,叽叽喳喳吵得整个病房人都醒了。值班护士劝不住,保安上来请家属去了病区外的过道口。正好周文值班,请示上级后,准备剖腹探查。谈话时家属围着一大圈七嘴八舌,就是没人肯签字,一直僵持着。原本周文准备按照紧急事件处理,先拉进去做手术,而后科室补个集体讨论意见。家属不表态,最后郊区的大儿子赶来签了字,才作罢。

周文主刀剖腹探查,发现是胃癌晚期腹腔广泛转移,伴肠梗阻穿孔。只好采取姑息治疗，做了造瘘口，腹腔放引流后送 SICU 了。病情实在太重，年纪大、并发症多，一周后就去世了。

当天下午，家属来了一大卡车，全部披麻戴孝，敲锣打鼓，把医院门口堵住了，横幅、白布条一大堆，几个女家属捧着遗像哭天喊地。好几个男家属冲到普外科病房，指名道姓要找周文医生，这时，周文正在手术台上。

几个警察过来维持秩序，和家属理论着，希望能够散了，有事到接待办去谈。

家属见警察并未清场，开始变本加厉，冲进手术室去找人，保安拼命上来堵住人群，双方对峙了好一会儿。这时，周文挣开拉着他的医生护士，走了出来，想和家属解释。

人群中一个自称家属的男子指着周文说："就是他。"还没等周文开口，几个大汉冲上去一把扭住他，几个拳头就砸了过来，满脸是血。穿着手术衣的周文被这帮人推搡着跪在医院门口的遗像前，几个大汉还按着他的头。马路边、院门口挤满了围观的人。

突然间，住院部冲出好几个小伙子，边脱白大褂边撸起袖子冲入了家属群，领头的就是殷衡，对着欺负周文医生的几个大汉拳打脚踢，生猛异常，好多人混战在一起。

现场警察一看不对劲，连忙请示。一会儿，一大批警察过来，把家属和参与打架的医生都带走了，留下洒满一地的纸钱和横幅条。

这是一起有组织的医闹,有策划的,有混在家属堆里现场指挥的,也有直接参与挑事闹事的,还有负责与医院谈判的,拿到赔偿后按比例分赃。这批人在申城各大医院屡试不爽,敲诈金额高达几百万,大多数医院为息事宁人,赔钱了事,没想到这次栽了。警方顺藤摸瓜,打击了一大批医闹,还联合卫生部门下发通告,严令地方派出所一旦发现冲击、扰乱医疗机构正常秩序的,一律坚决清场。

正义有可能会迟到,但绝不会缺席。

外科医生集体打架的事情还在医院内津津乐道时,医院参加抗洪救灾的医疗队伍从湖南凯旋。

大礼堂内坐满了医院职工,院领导班子齐刷刷地在主席台就座。医疗队长戴着大红花,作交流发言,他用平实语言讲述了带领三十多人的医疗队,在湖南特大洪水灾害面前,将生死置之度外,用精湛的医术与死神搏斗,用"另一只臂膀"托起生命方舟的故事,感人至深,再次将白衣天使们尽职尽责的操守,悲天悯人的情怀,和直面生死的勇气,展现得淋漓尽致,极大鼓舞了场内职工的荣誉感。沙萍院长几次摘下眼镜抹泪。台下,殷衡和景宫听得热血沸腾,拼命鼓掌。

眼镜老徐和袁彩云的婚期将近,他们准备先回老家结婚,然后再回申城请兄弟朋友们聚聚。齐鲁婚俗沿袭周礼,繁琐隆重。好在他俩是老乡,遵的是同一套老法。

在寝室楼门口,殷衡碰到景宫便问道:"徐哥要结婚了,你去不去啊?""当然要去啦。"景宫高兴地说,"哪天啊?在哪家酒店?"

"他说要回齐鲁大婚,已经请了婚假。"殷衡说道。

"齐鲁?那我们怎么过去啊。那边有宾馆吗?"景宫思索了一下又问,"那你怎么过去啊?"

"我提前一两天过去吧,坐火车到齐鲁,转乘汽车到县城,再转一辆汽车就到徐庄了,他跟我讲过的。"殷衡仔细回忆了一遍,觉得没错,就问:"说好是住他家里吧,有房间的。你要是能去,我帮你一起订票。"

景宫马上说:"别别,这个太远了,我原以为在申城呢。那他回申城时,我再当面道贺吧。"

殷衡想她不去也好,否则一路上还不知道怎么照顾为好。

晚饭后,季萌过来看他。殷衡心想:眼镜老徐结婚的事情要不要告诉她?她会不会去?他还真的没仔细好好看过这个同村长大的女孩。季萌个子不矮,不多话。瓜子脸、皮肤红润,一双大眼睛乌黑透亮,丰满的身形透着机灵,干起活来,很有点殷母利爽的风格。

"徐哥回齐鲁办婚事,我提前一两天过去,你想不想去?"殷衡还是提起了去齐鲁的事,眼镜老徐平时还是很关照季萌的。

"好啊,你真的带我去啊?"季萌跳了起来,一下子过来抱了一下殷衡,忽然觉得有点失态,又松开了后退了几步。殷衡点了一下头。

第二十二章

殷衡已经轮转到脑外科了，比在普外科轻松很多，大家也知道大外科的罗鹏主任很喜欢他，肯定要回普外科去的，因此平时也挺顾及他的。一说要请假几天，脑外科主任很爽快地答应了。

选的是周五下午的火车，直达齐鲁站。

季萌将两人的行李理得齐齐整整，一人一个拉杆箱。自己还背了个双肩包，里面准备了很多东西。

路途遥远，火车在夜幕中哐当哐当前行。第二天到站时，季萌的头还枕在殷衡大腿上，睡得很香。出站后换乘两次大巴士，到徐庄已经下午三点多了。眼镜老徐在村口等着，两人被分别安排在徐家兄妹房间住下。

季萌从箱子里拿出一堆保健品、糖果、坚果，是她托同事从美国带回来的。还有一个大红喜包里面放了2000元，崭新的连号人民币，是出来前到银行去换的，一并交给了殷衡，让他分送给徐父和兄妹们。晚上，来徐家帮忙的人挺多，都是庄上的亲戚邻居，场地上开了两个大油锅正准备着喜宴。

第二天便是黄道吉日，八点一过，眼镜老徐一身大红中装准备坐上租来的奥迪车去接新娘，徐母一直在旁边关照这关照那。殷衡和季萌坐到了后车上，一行车队浩浩荡荡地行驶在平整开阔的田野上。

新娘家不远，一小时不到就进村了，村口燃起鞭炮高升。眼镜老徐捧着用里脊肉和红绳捆成的大葱给丈母娘，这是"离娘肉"，徐母千叮万嘱过儿子的。给门口讨喜钱的亲戚邻居发了一圈红包后，新郎进屋见了新娘。新娘袁彩云也是一身红色旗袍，小腹微凸，见了眼镜老徐满脸幸福。两人出来给高堂敬茶、改口，互相喂着吃完面条。新娘要出嫁起程时，袁母忽然大哭，紧紧拉着女儿，袁彩云也抱着母亲大哭，袁父老实巴交地站在母女身后抹眼泪。伯母婶婶们劝了又劝。临上婚车时，眼镜老徐搀着袁彩云双双向袁父袁母跪拜作揖告别。

娶亲回来，徐家门口两边用红线绳捆着的干草点燃了，草内还夹放着油炸糕。眼镜老徐将新娘直接从车上抱到了大堂。大堂里供着徐家祖宗牌位，旁边坐着徐父徐母。司仪主持下，两人双双敬香烛，跪拜天地、高堂，最后夫妻对拜。直到将新娘袁彩云引入新房后，季萌的手紧紧拽着殷衡没松开过。

徐庄这两天人多了起来，从各地赶回来的年轻辈们要喝徐家老三余庆的喜酒。他们大都提前回庄子，进门就改了口音，全是土话俚语，见面也是作揖打拱。徐庄代代继承祖辈遗训，不出仕做官，近几辈做了最大的"官"是村长——徐父。徐家自然是张灯结彩，老宅子重新打理过一遍，处处贴着囍字、拉着红绸。门口偌大的打谷场上已经铺排了四五十桌，是亲戚邻居家搬过来的各色大八仙桌和长条板凳。男女老少穿新戴金、拖家带口一批批过来道贺、随礼。一会儿场上就热闹起来，大家找位置坐下来，老的一桌、少的一桌、妯娌间又是一桌，和和气气、喜气洋洋地说着话。

徐母走进新房，掩上房门。彩云迎了上去，扶着婆婆坐下。"彩云，若不是那年你爸被人骗去赌博，也不会把你上大学的钱给输没了，你也不会辍学打工。这两年你跟着余庆辛苦了。"徐母惋惜地说道。

"娘，余庆对我很好的，我跟着他安心着呢。"彩云满脸喜悦。"肚子里孩子快三个月了吧。你待会儿出去敬酒别磕着碰着，意思一下就好了，都是自家人。"徐母和蔼地摸了摸彩云的头，边说边掏出一个手绢，拿出一块绿玻璃样圆柱形石头递给儿媳，说道："那年逃难到徐庄，也真是老天眷顾，命好遇到你公公。当时身上也只留下这个物件了，娘今天就交给你好好保管吧。"彩云小心翼翼地接了过来，那块圆柱状的石头小指大小，还带有婆婆的体温，是枚翡翠闲章刻着小篆"偶谐"两字。

司仪扯着大嗓门仰天一声"开席"。唢呐声响了起来，一曲《百鸟朝凤》听得大家兴致勃勃，而后《抬花轿》《庆丰收》《汉江春早》一曲接着一曲，绵绵长长，不断不息，气氛一下子热烈起来。

徐父徐母端碗依次给每桌的亲朋好友敬酒，而后是新郎新娘过来给大家敬酒。殷衡和季萌坐在徐父徐母旁边，大城市专程过来给儿子庆婚的，那是贵宾，也是徐家的光彩。

喝的是自家酿的酒，用的是没有釉面的陶瓷酒碗。徐家老少爷们一批批过来向徐父徐母道贺回敬，他们右手端酒碗的姿势也都一样，右手食指中指扣着碗内边，另三指在碗的外边顶着，左手做势空托，从眼前平推出去，收腹挺胸很是恭敬。徐父也是如此回礼，再看后辈们个个如此，倒是有趣，煞是好看。季萌满脸透着新鲜感，处处觉得新奇，与殷家宅的风俗还真不一样。

新娘袁彩云听了婆婆的念叨，一圈酒敬下来没敢喝一滴，就和眼镜老徐咬着耳朵说："我给大家唱一段吧。"老徐已经喝得很兴奋了，当然乐意。袁彩云走到唢呐手边，拿起话筒，清清嗓子，唱了一曲吕剧《借年》选段。曲调优美悦耳，音韵婉转，新娘子唱得也是自然流畅、朴实风趣，惹得全场大声喝彩,大家端碗喝酒,大口吃肉。

季萌从没见过如此大场面,敬来敬去酒已经喝了不少,初时觉得上口好喝,慢慢起了后劲。听得新娘唱得如此活泼、好听,一时兴起也要去唱。殷衡想拉没拉住。

听季萌要唱《盘妻索妻》选段,再"流氓"的唢呐也伴奏不了越剧,装作没听明白躲一边抽烟去了。

季萌索性拿起喇叭,摆了个功架,一路清唱了起来:"洞房悄悄静幽幽,花烛高烧暖心头,喜气阵阵我难抑制,这姻缘百折千磨方成啊就。三月来屡托刘兄把亲求,每遭坚拒愿难酬,从此我四书五经无心看,三餐茶饭懒下喉,日卧书斋愁脉脉,夜对冷月恨悠悠,万种幽情无处诉,一病相思命几啊休。好容易盼得菩提杨枝水,洒作了人间鸳鸯俦,今日洞房成夫妻,花朝月夕永不愁……"

那一曲唱词应景,委婉缠绵,百转千折,情真意切,竟然全场都静了下来,竖着耳朵怕漏了什么,听进去的心里又像猫抓痒痒。一曲完了,殷衡居然愣着好久没缓过神来,一瞬间感到季萌好美。

待到又一阵欢呼声起来时,新娘子袁彩云一下子抱住季萌,嘴里说着:"好妹子,好妹子。"她们由此成了最好的姐妹。

喜宴从中午一直连到晚上,从晚上一直喝到半夜。殷衡想站起身子去和季萌说些什么,扶着桌子的手和站在地上的腿一样绵软无力,慢慢又坐了下去。季萌越喝越有精神,滴酒不沾的她，连自己也没想到酒量会这么好。只要能和心爱的人在一起，她除了高兴，还是高兴。那晚，她照顾了他一夜，和衣在他身边躺着睡着了，睡梦中紧紧地抱着他，不想再松开。

第二十三章

殷家宅的罗汉酒厂一直走土法酿造、传统工艺的老路子，选优质高粱、传统大曲作为原料，采用续糟混蒸、窖池发酵、五次蒸酒和配醅的老法操作，虽然周期长、产量低，但酒体清澈透明、绵甜爽净、独具风格，当地市场销售一直很稳定，靠的就是口碑和质量。

最近两年，大量进口红酒、洋酒以及冒牌白酒打入本地市场后，对酒厂冲击很大，销量锐减、效益滑坡，厂子接近破产。在镇政府的帮助下，季父勇挑重担，进行股份制改革，想着能带着大家走出困境，又和几个老兄弟商量启用几个年轻后生来挑挑担子。阿六头脑子活络，市场意识强，也是人选。

阿六头姓殷名六，是殷衡的叔伯兄弟。罗汉酒厂改制后，季父当了董事长，殷六提升为酒厂负责销售的副总经理。接手销售后，开始焦头烂额了，以前长期拿货的商店最近少了，也有客户要等前一批卖掉才进货不敢积压。昨天还有拿了几箱过来，要求退货退款的。出厂价也一直在降，都快到成本线了，季父说什么也不同意再降。阿六头看着厂子仓库里堆积成山的罗汉酒发愁。前段时间老婆挺着大肚子在中心医院生产，他一天都没陪过。这两天丈人老头提醒要办满月酒，才晃过神来打电话给殷衡，特意关照一定要回去参加，说还有事情要请教。

满月酒那天，季父见到殷衡后很高兴，专门陪他到酒厂转了一圈，阿六头也索性躲开了亲朋好友，一起陪着。殷衡其实心里明白，自己根本就不懂生意上的事情，只是觉得有机会要帮帮罗汉酒厂。

罗汉酒厂的问题真的还蛮严重的，销路问题直接导致资金链断了，原本想了好久的技术改进、产品升级、扩大产能、市场营销等一系列举措一招都指望不上，百来个职工已经两个月没拿到过工资了。殷衡说："现在酒香也怕巷子深呢。我是医生，做生意办企业真不在行，谈点专业思路可以，咱们能不能走保健酒的路线呢？"

季父和殷六一头雾水，还真不大听说过保健酒。见两人大眼瞪小眼，殷衡继续说道："咱搞大动作还真不行，要技术没有、要资金也没有，只有搞特色。罗汉酒是好酒，可是咱们国家好的白酒多了去了，茅台、五粮液、剑南春，光名字就一大串，现在市场上到处都是。如果我们坚持走限量供应,讲健康讲保健,或许能行。"殷六眼睛骨碌一转,接口就问:"那咱怎么搞啊?""我们医院中医科名气很响,我去拜访一下国医大师吧,请他给开个方子,先试试。"殷衡想了一会儿说道:"不过我要问你拿一箱十年陈的罗汉酒。"

季父笑了:"别说一箱,十箱我也能给你,只要能把咱的酒卖出去。"然后回头跟殷六说:"你今晚开车送小殷回市区去,陈酿带好,再准备一万元礼金吧。"

晚上,殷衡领着殷六、搬着酒来到医院北面的家属大院,敲开了国医大师的门。老先生很高兴地在书房接待了他们,指着殷衡的鼻子笑着说:"您是不是上次在医院门口带头打架小年轻啊?"殷衡难为情地点头算是承认了。

随后,老先生聊起自己曾经插队落户过河湾旁边的农场,喝过这罗汉酒,赶忙让殷衡打开一瓶尝尝。一杯下肚,老先生眉毛舒展,眯着笑眼缓缓说道:"还是那个味啊,真是好酒。"

得知来意后,老先生当场答应给开方子,边开还边解释起"君臣佐使"来。殷六双手紧张地接过方子,看了半天也就识得菊花、当归等几味中药。老先生特地关照:"这方子上的药很普通,中药店都有的卖,要装入药袋,在酒坛里密封浸泡一周,能益精血、延衰老,还不会影响原来的口味。"殷六激动万分,拿出礼金要酬谢,老先生哈哈大笑说:"我今天高兴,免费义诊,不过泡好的酒每年要给我送两坛哦。"殷六连连点头说:"老先生放心,我年年给您送来。"临出门时,老先生又来了兴致,铺好大张生宣,拿起羊毫湖笔,蘸饱墨汁写下遒劲有力的"罗汉酒"三个大字,送给殷衡。

国医大师真的年年喝着罗汉酒,一直活到百岁。

自从得到国医大师秘方和墨宝后,罗汉酒厂季董事长高兴坏了,立即分两路人马进行改革。一路由自己亲自负责,采购中药材,配置、分装、浸泡和密封;另一路由殷六负责,换酒瓶包装和说明书,将老先生的"罗汉酒"三个大字作为金字招牌。后来酒卖得不错,产量一直很稳定。殷家宅的人认为酒是粮食的精华,不能粗制滥造,也不能把老味道搞淡了、变味了。

这几天季父回家,天天哼着小曲,一副自得其乐的样子。季母见后,唠叨说:"天天自顾自忙酒厂,女儿这么大了,婚姻的事情也不关心。"季父想想也是,就问道:"咱女儿有中意的吗?"知女莫如母,季母对女儿的心思一清二楚,就准备给季父吹吹风:"你自己女儿的心思还不知道啊,她从小一根筋,认准的事十头牛也拉不回来。""到底是谁啊?"季父有点急了,"只要闺女喜欢,天上月亮也想办法摘给她。"季父拍了拍胸脯。

季母想着也该露个底,船到桥头自然直。便说道:"殷家那小子。"说完便回过头去,故意不看老头子一眼。

季父站在那边一动不动,一脸愁容,一夜无语。

第二天一清早，雄鸡还没啼鸣，季父出门了，他要找自家大伯父讨句话。这位季大爷八十多岁了，一身硬朗，天天早睡早起。天蒙蒙亮就起床，手里拎着个竹篮子，走上十几里地去镇上的老茶馆喝茶。只有这个时候，老爷子心情好，能说个事。季父骑车到了茶馆往里找，看见了大伯父，赶忙挤过去，凑上前去，对着老爷子的耳朵说道："伯伯早，我想和您商量事情。"老爷子听着收音机里的评弹，用手指敲着桌面，闭目养神呢。听见侄子问话，点点头。季父赶忙说："咱老辈有没有殷季两家不通婚的说法啊？"老爷子忽然睁开眼睛，两眼炯炯有神地瞪着他，中气十足地说："啥年代了，你还有这老思想。想当年，我跨过鸭绿江抗美援朝打美国鬼子，打的死伤无数、六亲不认。才过几年啊，两个国家又变老相好了。"说完，又闭上眼睛陶醉在他的评弹里了。被训了两句的季父，心情舒畅，一路哼着小曲回家去。

进门就对着季母嚷道："咱闺女可是心肝宝贝，总不能做倒贴户吧，殷家该主动来提亲呀。"季母一听这话，眉开眼笑，得令似的一路小跑去找殷母了。

第二十四章

景宫已经顺利硕转博，最近很忙。心内科导师在心肌电生理方面硕果累累，以第一作者身份在国内外顶尖杂志上发表了上百篇 SCI 论文，今年又申请到了两个市级课题和两个国家级课题。

最近在季萌工作的那家美国医药公司的牵线搭桥下，医院心内科与哈佛医学院准备在心肌干细胞方面进行共同研究，联合培养博士生的方案也已经下来了。大学研究生部正走程序，要在景宫和另一位男生中选一位去哈佛交流。各种斡旋和台下沟通下，景宫如愿获得了这个宝贵的名额。殷衡送她去国际机场，登机前问："怎么也没见滕飞来送你啊？""我们已经分手好几年了，他在大学一年级第二学期就和班级的女同学好上了，过了好久才跑来告诉我。"景宫一脸幽怨地说，"就是足球比赛你被踢伤的那天，本来我肯定要去看的。"

看着远航的客机,殷衡自嘲道:"造化弄人啊。"

这些年,申城一天一变样、三年大变样。国家青岛会议后,医疗卫生市场化已是大势所趋。医院周边的变化也很大,地铁开通后带来了更多的病患,本市的、外省的,急诊、门诊、住院部人满为患。医护人员连轴转,每个病区护理部都在叫缺人。医院年年扩招护士,连合同制的护士都顶上来了,可进来的还没有离职的多。

医院门口一溜门店生意火爆,卖鲜花的、卖尿不湿便壶、卖嘉兴肉粽、盖浇饭的,天天排着队伍。对面中餐馆刚开业,生意红火,菜价直逼淮海路南京路。大堂经理到病房一个科室一个科室地发名片,笑呵呵地对医护人员说:"你们要定包房直接给我打电话哦,我准保给你们留好。"随后,旁边饭店一家接着一家开,海鲜大酒店、潮汕特色酒楼、鸡粥面条馄饨……后门的大红鹰饭店也租赁给了私人老板,店面干净整洁,还增加了老鸭粉丝汤和盐水鸭。店员还是那几个,态度180度转弯,服务热情周到,只是菜价上去了,量少了很多。

药房干了三十几年的陈胖子辞职后,合伙在医院附近开了家药店,专卖进口抗肿瘤药,家属们都会拿着自费处方跑去他那儿买。后来他又在全市各大医院附近,连开二十八家连锁药店,成了圈内响当当的大老板。陈胖子辞职后,连生两个大胖小子,和孙子一般大小,听说超生交罚款的时候很爽快。

最近在科室大交班上，支部书记通报说北面一家区级医院内科一临终期病人还没断气，两伙殡葬一条龙公司的业务员为抢生意在病区里大打出手，造成了极其恶劣的社会影响。他要求科室护士长加强对护工人员的管理，不能买卖病区里病人的信息。

市卫生部门再次联合公安开展联合整治工作。不整治不知道，一整治整出了一大堆黑色的灰色的产业链，有明有暗，如护工产业、黑救护车转运产业、殡葬一条龙产业、孕产妇喜蛋胎毛笔产业等等，五花八门，全都渗透在医院的各个角落。

其中，黄牛党最为嚣张，有家属凌晨去排队挂专家号，见门诊大厅挂号窗口前放着一排排砖头、矿泉水瓶和小板凳。有病人搞不清楚站了进去排队，或者用脚踢踢开，马上有人上来"豁翎子"："你要么客客气气走开、乖乖到后面去排队，要么就是吃一顿老拳后再到后面去排队。"黄牛斜挎背包，翘着大拇指叫嚷着："老派（派出所警察），我个个熟，进去蹲几天，老子出来还在这里做生意。"

后来黄牛党整合资源、提高服务质量，从代挂专家号、安排住院、请专家手术到转院安排救护车，全过程、一门式服务，生意相当红火。那天，殷六对着殷衡发牢骚："托你挂个专家门诊好几天都没消息，我花300元当天就看到了。"

专项整治一次接着一次、一场接着一场，也没见有多少效果，倒是医生护士们当班时越来越小心了。

眼镜老徐的女儿快要上托儿所了，他一边炒股、一边买房，两线作战，资产越积越多，俨然已是医院首富。不过他依旧戴着那副大学时代的厚玻璃眼镜，压出鼻梁上深深的印痕。医院放射科的工作，他是不会放掉的，依旧照常上着班，读着片子写报告。

殷衡的名下也已经有两套房产，年前新买了套一百多平方，准备自己住，眼镜老徐找人设计、装修，快收尾了；手上股票市值也已过千万。只是殷父殷母对他的婚事催促很紧。一想到结婚成家，他就开始犹豫，也找不出个合适的理由说服自己，就借口手术多、工作忙，好长时间没回殷家宅了，不是不想回，是不敢回去。

那天殷衡和季萌一起到大红鹰饭店吃饭。无巧不巧，参与医闹的那个大汉判了两年刚出狱，也在饭店吃饭。一眼认出了殷衡，与身边两个同伙嘀咕："当年，就是这家伙坏了咱兄弟们的好事，今天不教训一下，老子难消此恨。"借着酒劲拿着啤酒瓶，朝背对着的殷衡走了过去。季萌看得真切，一个箭步冲上去阻挡，那高举的啤酒瓶狠狠地砸在了她的头上，瞬间满脸鲜血，不省人事。几个服务员见状，马上扑过来按住那大汉，服务员老姆妈见医院的医生被打了，大声嚷着："快报警，打110！"然后身子一下跨过来，一个大脚踹在了那大汉的头上。两个同伙见状，知道事情闹大了，立马开溜。

殷衡紧紧抱着软绵绵的季萌，拼命往医院急诊跑，一边喊着她的名字。季萌脑震荡、头皮裂伤缝了十几针，头发剃了一大半。醒过来后，见自己躺在病床上，殷衡两眼红红的，自己的左手打着点滴，右手捏在殷衡手里，想抽回去，没力气。

第二十五章

第二天,季父季母和殷父殷母一起赶过来探望季萌,心痛不已。殷衡有空就过来陪着,一会儿端茶倒水、一会儿问长问短。老夫妻们见搭不上手,说是要去看看新房子装修得怎么样了,一起出了病房。病房里一下子安静了下来,殷衡摸着光头的季萌,怜惜万分,两人轻声细语说了很多情话,还聊起了那只大黄狗。

新房子已经装修好了,板式三室两厅焕然一新,干干净净还没配家具,新房显得更加宽敞、明亮、通透。

殷父说要给配全套的中式家具,古朴典雅;季父认为现在年轻人都喜欢欧式的,简约舒适。两人争论起来,说话声音越来越大,殷母、季母过去拉开了。

季母说:"咱们也是两家并一家,家具让孩子们自己去定吧。老季今天你说个日子,咱一起帮他们把婚礼办了吧。"季父觉得刚才说话伤了和气找个台阶下,再说自己打心眼里对殷衡一万个满意，笑着说："咱家也不讲究'六礼''八礼'的老规矩了，国庆节还来得及，就给他们办吧。"见是女方家长吐口定下吉日了，老夫妻们气都顺了，高高兴兴地回殷家宅忙去了。

打人的大汉，再次收监，二进宫了。

季萌在病房里住了两天后仍觉得有些头晕，复查脑部CT没啥异常，准备出院回殷家宅的老家去养养，父母也好照顾几天。不过这个头晕头痛的毛病没断根，以后每年也会发几次，不甚严重。

周文一家三口挤在20个平方的结婚房里，吃喝拉撒都显局促。孩子一出生，老人过来帮忙带，这点面积隔了又隔，地上地下打着铺对付着过日子，现在女儿都上小学了。

临床医生们考试多，1997年毕业的全部都要参加全国执业医师资格考，通过后要参加全市住院医师考试，而后是中级职称的"以考代评"，高级职称也要考上几门。周文平时要应付很多考试，更是有苦难言，在家复习老婆孩子吵，在单位复习又被当作劳力来使唤。整个普外科都知道，第一组的周文主治医生天天在医院，请他顶个班、拉着上个急诊手术，保管随叫随到。

周文最近心情一直很压抑，自从上次被医闹逼着下跪后，他人是被扶着站起来了，可是这份耻辱总像乌云压在心头，对自己的职业选择和人生规划产生了怀疑。确实，又有几个人能从这段阴影中走出来，去实现自己的医路人生呢？况且这条医路并不平坦，还很艰辛。他还想着凭着自己高年资主治医师的资历，赶上这次医院增配福利房的末班车。一家人天天盼望着能从蜗居的20多平方房子里搬出去，搬进80多平方的改善房，尽管上家套出来的房子离医院很远，靠近城乡接合部，上下班很不方便，可他却巴不得。

医院要取消福利分房的消息传出来后，医院职工购买商品房成为唯一选择。住在职工宿舍和家属大院的员工们有人按捺不住了。那些条件不够分房无望，或是没资格改善的，都纷纷筹钱、贷款去买商品房了。医院附近的楼盘一天一个价、一房一个价，不断飙升。

下午，党支书找周文谈话，说院党委综合考虑医院的发展，准备将房子分配给还住在寝室里的博士生一家。

周文一听这个消息，差点一口气喘不上来。不说自己盼星星盼月亮等了快十年了，就说要发扬风格，七十多岁的老母亲还天天打着地铺呢。再说医院引进的人才都是些实验室出来的博士硕士，临床操作少，光会写文章不会开刀，甚至连个手术铺巾都不会，有几次手术都还是他帮着补台拿下的。

院领导平时虽忙，可再忙也没人愿意放弃自己的临床专业，后路还是要留着的，万一从领导岗位上退下来也好有个高级职称回科室带组。这些作为人才引进的博士硕士们作用可大了,帮着署名发表SCI论文。据说,外面有位院长天天喝酒应酬,一年还能发表七八十篇SCI论文。这些话不是气话,是真话。

可是,支部书记就当是气话反馈给了姜书记。姜书记带话过来说,这次调配房子是医院分房领导小组的决定,希望正确对待。

下班后,他没敢回家,回家也没法和一脸期待的老娘、妻子交代。见殷衡还在办公室补写白天的手术记录,就问:"小殷晚上有空吗,陪我喝两杯去。"他俩现在关系处得和兄弟一样。殷衡满口答应,打电话给放射科的眼镜老徐要不要改天再碰头。眼镜老徐说不用了,他也一起参加。

三人来到小区门口,正巧袁彩云也领着女儿回来。见是自己爱人和殷衡他们,就让女儿给伯伯、叔叔们打招呼。把殷衡拉一旁,说是想让季萌住进小区新房子来,把外面租的房子退了,反正家具物什都配好了,婚期就在眼前,大家在一个小区也好帮衬帮衬。

殷衡应着说:"回头我和她商量一下,听听她的意见。"袁彩云一听这话,有点不乐意了:"你个大老爷们说话还不管用啊,你们申城男人就是妻管严。我待会儿打电话给她。"说完笑呵呵地拉着女儿回家去了。

女儿可爱地说:"爸爸再见、叔叔再见、伯伯再见。"

第二十六章

老徐家门口的鲁菜馆,是徐庄的叔伯兄弟开的,房子是跟眼镜老徐租的。鲁菜馆内间有一包房不对外,只留给他。房间很大,陈设古朴,正中间的墙壁上挂了一块大匾额,上题"神仙会"三个大字。房间里错落有致地摆放了好多来自齐鲁大地的老物件,眼镜老徐很自豪地介绍着他的收藏品。这些年,眼镜老徐不遗余力地收藏着那些承载着历史记忆的古董,他有个梦,希望这些东西有一天能重放光彩,让后辈们来解读、来感悟、来领略中华民族的灵魂。

菜是配好的,一会儿就上来了,不多很精致。

眼镜老徐问周文:"老周,今天想喝啥酒啊?我这里白的、黄的、红的都有。"周文一进门就诧异不已,没想到不起眼的眼镜老徐竟然是位隐士高人,见问要喝啥酒,连忙说:"听你们的吧,我随意。"殷衡说道:"徐哥,咱还是喝国医大师题字的罗汉陈酿吧,我老家的酒。"眼镜老徐翻出三瓶全打开了,分给一人一瓶:"今天咱不醉不归。"

周文原想着要和兄弟们喝酒买醉的,见了这场景很是震撼,也替自己悲哀。自己奋斗了这么多年,居然还住在20平方的一室户,天天对着愁眉苦脸的一家人,哪有啥幸福快乐可言。两个年轻人不显山不露水的,居然都是大财主。喝酒也没了兴致,只想打听两位的致富发家史。

眼镜老徐见状就说:"咱今天不喝酒了,改喝茶吧。"然后,让服务员去上齐鲁老家的白馍,就着这桌上的菜吃。那白馍满口劲道,麦香扑鼻,一盘子七八个吃得一个不剩。

周文开口说:"两位兄弟,我在医院也算混到头了,不想干了。家里情况你们也清楚,爹娘供我读了这么多年书,都怪自己没出息,到现在还让老娘睡地板,我对不住她。"说着眼圈红了,硬是哽咽着把眼泪给收了回去,继续说:"我想听听你们的建议,辞职后有啥出路?"

眼镜老徐和殷衡面面相觑。殷衡想着怎么劝住他,这么好的一位外科大夫,辞职了真是可惜,若是自己,再苦再难也决计不会退缩。可回头一想,每个人的境遇还真的不一样,周文也真是难。不知道如何开口劝说。

眼镜老徐开口问:"你确实想好了要辞职啊,读了五年大学,干了九年外科大夫,再熬熬就升副主任医师了,不可惜吗?"周文已经考虑再三,知道自己即使升了副高也是发不了财买不起房的,就铁了心地说:"决定了。"

"你是小殷的兄弟,也就是我的兄弟,我就直来直去,说个主意你听听看,你若是离开医院,最好不要离开这个医疗行当。做熟不做生嘛,可以去代理进口的医疗器械。现在已经有很多人在做了,不过我觉得压抑太久的医疗市场,随着青岛会议以后会激发出来,这方面的需求还是很大的。"眼镜老徐接着分析道,"要代理一些高技术含量的东西,譬如微创类的腹腔镜、宫腔镜、心导管器械等,咱们国家目前没有。这些产品临床很需要,对病人手术创伤小,恢复快。"

周文说:"医保不报销的,临床上用了都要家属自己掏腰包,价格很贵的呀。"

殷衡接口道:"其实要怎么看了,创伤小围,手术期短,患者痛苦少,价格贵点也是可以接受的。再说,如果真的承担不起,也可以选择传统手术。"

三个人真的开了一个"神仙会",越聊越具体、越聊越兴奋。最后三人聚焦在了注册公司、注册资金和法定代表人三件事上。眼镜老徐提了个方案:周文辞职出面注册公司,担任法定代表人;公司实行股份制,眼镜老徐 50% 控股、由袁彩云出面持股,殷衡 30%、由季萌持股,周文 20%;注册资金 500 万元,按比例出资。

周文听了吓了一跳忙说:"我哪里能拿出 100 万元,20 万元都拿不出来。"他真的是急了,心想空欢喜一场,刚才热热闹闹讨论半天,最后自己连注册资本都拿不出来,还做啥生意,不如出去打工算了。见周文脸红一阵白一阵的,眼镜老徐和殷衡笑了起来。

注册资金全部由眼镜老徐先垫资,等大家赚钱分红的时候再还,袁彩云的房地产公司专门派人负责具体工商手续办理,注册地选在了市中心的高档商务楼,事情就这样谈妥了。

眼镜老徐让周文搬到自己小区住,有事三人上"神仙会"商量起来方便。小区里面,他有套100多平方的房子空着还没出租。

第二天,周文正式向医院递交了辞职书。第二周,他陪着老母,带着妻女搬出了家属大院。

这是个伟大的时代,造就了很多精英,也让很多精英放弃了自己的梦想。

第二十七章

殷家宅迎来了国庆,是个风和日丽,一派和煦的假期。殷季两家通婚的消息已经传遍整个村落,秦望村的舅母笑着说:"朝代变了,有些老规矩也是该改改了。"舅舅答道:"是呀,改得好。若是放在过去,又是一出梁山伯祝英台。"说着就哼起了《十八里相送》的曲调。一家人喜气洋洋地装扮着,准备出门去殷家宅喝外甥大婚的喜酒。

远在齐鲁大地的徐父正对着门口场地上一群撒欢玩闹的狗发脾气:"咱徐家要传宗接代的,啥独生子女政策,不生个大胖小子,你就别让余庆这小子回来。"徐母在里屋忙不迭地出来,把老头子拉了进去。"别瞎嚷嚷,左邻右舍都入耳了,现在国家都实行计划生育,你让余庆超生,丢了铁饭碗啊?"徐母压着声音说道,真怕隔墙有耳似的。"怕啥,咱徐家又不做官,大不了罚钱,没钱打游击、讨饥荒。"徐父还是愤愤不平。

整个婚礼由殷六筹备着。很多细节原是两家坐一起喝杯茶就可以拍板的事情,不知咋的,两个老头意见就是相左,说不到一块儿。好在殷六脑子好用、腿脚勤快,东西两边变通着传话,那座石拱板桥上一天要见他走好几个来回。当细枝末节的事情都定下来后,他长舒一口气,一屁股坐在了石板桥上,不想动了。

十月一日是个吉日。

早上,喜鹊登枝,叽叽喳喳地叫着。相隔一座板桥一条河的殷季两家忙开了。上午,殷衡穿着西装打着领带,小妹也是一身新装跟着坐上了大奔驰婚车,从东面绕了很大一个圈,来到河西的季家。

进门后,季父季母高兴地迎了出来,老姊妹们在门口一把拦住说:"是新婿贵人进来拜见,哪有当岳父母去迎的道理,也太心急了吧,快回去回去。"随后,满堂大笑。

季父要挣回面子嚷着说:"新社会了,咱不讲究、不讲究的。"然后拿着红中华香烟,不断敬来客。

小妹进屋帮着季萌拾掇穿戴。一大帮子人在外屋吃着干果蜜枣。见女儿还不出来,季父一头钻进女儿闺房,说道:"你别磨磨蹭蹭的,咱这里规矩少点,早点过去,那殷家老头死脑子老规矩,别拖拖拉拉地耽搁了午饭,怠慢了客人。"季母狠狠掐了一把季父,说道:"哪有把自己闺女往外赶的。"

新郎进屋挽着新娘来到大客厅,给季家父母敬茶、改口。殷衡叫"爸妈"的时候,季父季母喜极而泣。

五分钟的路程,婚车出了季家门后,又从西面绕了好大一个圈回到了河东的殷家。季萌说头晕,要趴在殷衡身上让他背着自己进去。两人在那块祖宗牌位下拜堂成亲。后来,季萌告诉殷衡说:"我梦里见过这个祖宗牌位好多次了,一模一样、真真切切。"

中午的喜宴是在罗汉酒厂大食堂举行的,全村的人都来参加了。西洋乐队悠扬地伴奏,从早吹到晚,在殷六红包的催化下,越吹越有劲、越吹越卖力。那天开席时间刚刚好,没让亲朋好友们等,季父端着酒杯主动走到殷父身边敬酒,殷父也给季父点上了烟,两人一口喝尽杯中酒,相拥而抱。只要子女好,他们啥都可以放弃,包括自己心中的那点尊严和颜面。这是殷家宅人的情怀,也是千千万万华夏儿女的情怀。

婚后两人选择去云南度蜜月。当飞机停在长水机场的时候,季萌终于和爱人牵手来到梦中的七彩秘境。

微波浩淼的滇池边上,一对情侣手挽着手,穿过松柏森森、绿树丛荫,走上一片缓坡,去祭拜长眠在这里的人民音乐家聂耳。站在呈琴状的墓地,聆听着《义勇军进行曲》,殷衡挺起了胸膛,不由自主地唱:"起来,不愿做奴隶的人们……"季萌也跟着一起轻声唱了起来,歌声飘荡在琴状墓道上、琴键音阶上。

两人欢快地游玩着,从石林回来,殷衡成了"阿黑哥",季萌成了"阿诗玛";从泸沽湖回来,殷衡成了"阿夏",季萌成了"阿朱";从西双版纳回来,殷衡成了"毛多利",季萌成了"少多利";从大理回来,殷衡成了"阿鹏",季萌成了"金花"。那天他俩来到丽江,季萌站在大水车边朝着殷衡招手,嘴里喊着:"胖金哥、胖金哥。"殷衡正在买姜糖,听到叫声后,连声回道:"来了、来了,胖金妹。"随后,他奔了过去,一会儿从兜里掏出润唇膏给她抹上。

第二天一早,两人乘车前往玉龙雪山。站在雪山主峰扇子陡时,两人紧紧抱在一起,享受着阳光的沐浴、雪山的洗礼。当凝视着对方无邪的笑容、黝黑的脸蛋时,眼中充满清澈、透明、纯净的爱意。活着是如此真实、美好,远离尘世喧嚣、摆脱俗事困扰,他们感受着从未有过的幸福,亲吻在一起。

第二十八章

前段时间,徐庄的几个生意做得不错的叔伯兄弟从各地赶到"神仙会",在眼镜老徐的提议下,让大堂兄徐余春牵头筹资进军房地产,竞标拿地开发商品房和办公楼宇。他还提出把自己老婆袁彩云的齐鲁房地产开发公司拿出来进行股份制改制,再将这几年买的房产和股市大部分资金作价5000多万投进去。

徐庄的兄弟们历来团结,见大堂兄愿意领头干、余庆又投钱又出谋划策的,大家也举双手赞成,注册资金一下子增加到了10亿元。

大堂兄徐余春在这一辈中威信很高,生意也做得风生水起,当仁不让出任董事长,袁彩云是股东兼监事。大堂兄希望眼镜老徐也辞职一起干,可他坚决不同意。他说自己不能违背誓言,放弃医生这个职业,想当个好大夫的。

齐鲁房地产公司公开高薪聘请了经营班子,又注册成立了若干家全资、控股和参股企业，最近要有大动作了。

婚假结束后，殷衡工作更忙碌了，跟着罗鹏主任念临床硕士已是最后一年，准备转博主攻腹腔镜下微创手术疗法。罗鹏主任已经六十岁了，医院讨论后又聘请三年，继续担任大外科主任，兼着硕博导，临床博士只带殷衡一个人，估计会是关门弟子了。沈坤也在攻读罗鹏主任的临床硕士。

前一阵子，只要沈坤值班急诊病人就特别多，都是半夜收治入院进行急诊手术，什么急性胃穿孔、胆囊炎、嵌顿疝，一个接着一个，一晚上光急性阑尾炎都要开个四五台。麻醉师见他值班就受不了，吵着要和同事换班，说是转转"霉运"。

那天沈坤出夜班，忙完病房里的事情已经是下午了，正准备回家休息。医院医务处通知让他去一趟，他想不会有人投诉吧？近来投诉临床医生的很多，大家也见怪不怪了。到行政二楼接待办，已经是处长的朱晓东，就是那个"猪头"，一副公事公办的口吻说："你怎么回事，家属来投诉好几次，我已经帮你挡好几回了。这次你自己看着办吧。"

隔壁接待室，这两年已经装上了探头，四个角落都有。接待室的桌椅是用很粗的链条连在一起，很难拎起来，更别说抡起来砸人，整个房间除了桌椅其他什么都没有。探头实时监控视频直接连到了医院保安室的大屏幕上。

保安室旁边的派出所最近也重新开张了，有几个警察天天当班。记得医院门口二十年前有过派出所的,下面还有一群联防队员,后来撤走了。

沈坤在接待室等投诉的家属,一会儿一个中年妇女领着戴着红领巾的儿子过来了。那母亲一脸气愤,把儿子领过来,拉开裤子对着"猪头"说:"我儿子的阑尾炎就是沈医生开的,你看一个多月了,伤口还没长好,门诊一直在换药,这不是医疗事故是啥?"

沈坤和"猪头"仔细检查了"麦氏切口",再摸摸切口下方和腹部,两人都苦恼地笑了。沈坤告诉孩子母亲:"你儿子中奖了,这是线结反应,排异现象。""猪头"补充说:"说明你儿子和一般人不一样,体质敏感。好好培养吧,说不定以后是个大人物呢。"那位母亲讪讪一笑拉着儿子走了,后来在门诊换几次药也就痊愈了。"猪头"见没事了,就拍拍沈坤的肩说道:"兄弟啊,这次你运气好啊。"转身走了。

沈坤今天心情糟糕,真是人倒起霉来喝凉水都塞牙。回家挤公交下车时,一不小心踩到了前面一位老姆妈的脚后跟,他连说对不起。在车站换乘时,那个老姆妈已经走出五六步远了,又一路小跑回来,在他脚背上狠狠踩了一脚说道:"踩人了,说对不起就可以啦!"然后一个转身扬长而去。

眼镜老徐、殷衡和周文在"神仙会"聊到这故事时,三人哈哈大笑。笑着笑着,殷衡站了起来,走到茶几旁边找了根烟躲在角落里抽了起来,他平时抽烟不多,找烟抽一定是有心思了。旁边的眼镜老徐和周文停住了笑声,也走了过来。三人围着坐下,陷入沉思。

这个世道变化实在太快,当他们刚进医院时,病人真的是来求医问药的,医生护士真的当自己家人一样治疗护理。记得读书的时候,一附院的老教授说病人是来看病的,不是来住宾馆的,要以患者的病痛为己任,要有恻隐之心。可是,短短几年,整个社会都在讲经济效益,一切都在向钱看。做医生难,难在时刻要提防着病人出门投诉,甚至还有说去医院是"原告看被告"。做病人难,不知道自己的病到底是不是要花这么多钱,出院一结账,不光自己的棺材钱贴进去了,还给儿女留了一屁股账。医闹只是一个缩影,大家都很焦虑,社会一焦虑,矛盾就多起来。医院也是个小社会。

周文感触最深。三人沉默了一会儿,各想各的心思。

眼镜老徐打破沉默问周文:"最近公司运行如何?"周文回答说:"公司已经代理了美国、德国和日本的几个产品,国家 SFDA 的批件也都拿到了,不过全国总代理只有两个,其他都是区域代理。"

最近,周文的公司招聘了好几个年轻员工,有男有女,一少部分是大学刚毕业的,但大部分都是在医院做了几年辞职过来的,临床业务流程熟悉,专业技术能力很强。按照公司分级负责、定点包干的管理架构,产品进临床试用和推广的速度比预期快很多。周文很自信地说:"一年实现盈利是没问题的。"

眼镜老徐说:"给临床医生回扣的事情千万要小心,最近有很多这方面的案件,也处理过几个医生专家的。"周文忙回答说:"外资企业聪明着呢,才不会像国内的那些医药厂家这么直接,这个弯弯道道,殷夫人最清楚。不信你问问小殷。"

眼镜老徐从没涉足过医药代理销售行业,不是很了解,就回过头来看着殷衡。殷衡也不清楚其中奥秘,有点迷糊,说道:"我晚上回家问问我爱人哦。"

晚上,殷衡睡不着。季萌见状一个翻身趴在他身上,搂着脖子问他想啥心思。其实周文的话让他百思不解,季萌笑着说:"周总想让我给你上课啊?"殷衡帮着爱人拉好被子,准备仔细听着。

外资医药公司进入中国后,一方面利用自己强大的技术实力和产品优势打开开放中的国内医疗市场,他们在高端医药领域一家独大;另一方面通过学术会议、对外交流、短期培训、联合培养等方式扶持各大医院学科建设。每年这些外资公司会预排大量经费在这些方面。当然还邀请这个领域顶级杂志社的主编们来国内访问,一路参观交流、陪好玩好。这些杂志社绝大部分是靠国际大企业的资助生存的。专家教授们需要的是地位和名气,这几年大量的国内专家首选在国外发表 SCI 文章，当然很大一部分是真才实学，也有一部分是给了赞助费、版面费后定向增刊。

"老外鬼得很，满嘴民主科学，背后都是生意。"季萌很无奈地说道，"谁让咱们实力不够，差距大呢。其实你们医院心内科主任，也是我们市场部公关的重点对象哦。"

那晚，殷衡没睡着。

第二十九章

春节前,院领导们也是天天忙着应酬、忙着开会。市里区里的头头脑脑、重要管理部门都是要请的,请出来还是人家给面子。各大科室的年夜饭聚餐也是要去的,一年下来总是要与民同乐,借机鼓鼓劲、动动员。重要的场子,院长书记要亲自参加;其他的饭局,分管领导就代表了。像大外科这样的聚餐,院领导班子是不能缺席的,不说在医院有多重要,占了全院总收入的三分之二以上;就说罗鹏主任这个人吧,他是现任市局一把手的老同学,也是申城德高望重的大名医。

周五晚上,在申城都不多见的杏花楼大酒店最大包房里,院领导、外科大大小小的主任等三十多人围着圆桌论资排辈坐定,姜书记端起酒杯致辞,只说了两句话:"大外科一年来的工作辛苦啦,我代表院党委感谢您们。"一两多的茅台酒一仰脖子就下肚了,气氛瞬间点燃,不用劝的,你敬一轮、我打一圈；有话就捉对私聊，没话酒杯一碰一口闷。那晚上，大外科一年来的磕磕碰碰、恩恩怨怨都化作一缕酱香的酒气，散发了。

临近年脚，病房病人一下子少了很多，普外科好几个病房已经空了，护士们消完毒后，贴上封条关门。再准备把各组没出院的病人，逐步归集到离护士站近的房间里，既好管理，也安全，这是每年过年病区管理的老传统。有好几个病人就是不同意搬，护士长只好软话硬话说尽，说得口干舌燥，最后把罗鹏主任请过来做工作，事情才算摆平。

春运来临了，员工少了一大半，外地的拖家带口赶着回老家过年去了，以本地为主的医生护士们留下来，医院进入长假值班模式。

这个春节，眼镜老徐要把父母接来申城，袁彩云正忙着给公公婆婆挑选衣服、鞋帽。接到季萌电话时，袁彩云说："你家殷大夫春节哪几天休息，我们就候着他时间两家一起聚聚吧，反正我家老徐都有空的。"

"猪头"朱晓东最近天天陪着院长应酬。院长要转场，他就留下来代领导陪酒。这小子也有股猛劲，很撑场面，吐了再喝、喝了再吐，硬是杠杠地扛下不少酒局，沙萍院长越来越觉得他能干、得力。

那晚，沙萍院长先走，留下"猪头"和公安的头头们继续喝酒，走时还特意关照，一定要喝好吃好。酒喝得还真不少，白的结束喝啤酒,中间还干了两杯红酒,想着找个洗手间抠出来,搞一下"作弊",可是里面那家伙抱着马桶就是不出来,"猪头"只好硬着头皮坚持到底。等送完客人后,出门西北风一吹,"猪头"走到马路边抱着棵香樟树就吐,吐得满地满身都是,吐完酒精吐胃液,吐完胃液吐胆汁,等全部吐完了,手脚也不听使唤了。好不容易找了半天,掏出手机把一起分配进医院的兄弟阿敏叫了来。

把"猪头"接上车后,阿敏一看他浑身上下一股酒气,大衣胸前一摊污渍,脏兮兮的,人已呼呼大睡。阿敏知道今晚完蛋了,送回去,他那老婆肯定会歇斯底里发脾气,自己也逃不了挨骂。上次"猪头"也是酒后发了戆劲劈头盖脸顶了两句,他老婆吞下一大瓶安眠药自杀,还好岳父母及时赶来送医院洗胃,才捡了条命。正愁眉苦脸不知道怎么办的时候,见路边有一大浴场,车子一调头直奔过去。

凌晨两点,两人被扫黄的警察"请"到了派出所,"猪头"还在迷迷糊糊咕哝着。阿敏急翻"猪头"的手机,翻到派出所所长电话后,立即打了过去。电话好半天才接通,传来半梦半醒的声音:"'猪头'你搞什么鬼啊,现着才几点,老子吐了一夜,刚躺下。"阿敏急着把事情讲了一遍,电话那头说:"把电话给值班民警。"那值班民警拿着手机,避开阿敏到门口说话。

一会儿,民警把手机还给阿敏,然后说:"你们俩坐着吧，等会儿我们头儿来。"早上，两人一身疲倦地离开派出所。阿敏对着"猪头"说："哥，咱们还是回寝室去躺一会儿吧，续续力。"这是个葫芦案，两人坚称没有嫖过娼，只是酒喝多睡了不该睡的地方。再说，派出所也没案底。

新年初二，黄道吉日。

殷衡现在值二线班，年底前刚晋升为主治医师。医院一般临床值班分三线，住院医师一线、主治医师二线、副主任医师三线；同时，在主治医师聘任前还要担任1—2年的住院总，即总住院医师，隔天翻24小时班。科主任在家备班，一般不参加值班。

那天晚上十二点左右，急诊来了一位女病人，是白天刚举行婚礼的新娘子。急腹症入院，板状腹，询问时说婚礼结束后很饿，吃了好多东西，符合暴食病史，临床支持剖腹。住院医师请妇产科会诊后，准备联合探查。妇产科说："普外老大哥们先上，有事我们接台。"签字时，大块头的新郎很不耐烦，好不容易听完术前谈话后，大笔一挥签字同意了。

殷衡带着住院总和住院医师上台，探查进去一看，腹腔有肉糜样、毛发组织，检查胃部正常没有穿孔。就让手术室巡回护士去打电话通知妇产科接台。那帮娘们上来一看，哇啦哇啦地说："子宫畸胎瘤啊，估计晚上同房给捅破了……"

手术也不难，清理完盆腔后关腹收工。

哪知道，病人推进病房后，新郎一看新娘的肚子上装了根长长的拉链，吓哭了，哭得跟娘们似的，不对，像婴儿。医院妇产科的娘们才不哭呢，她们是爷们，那动刀的手势绝对干脆利索，殷衡很佩服。

新郎哭完以后告诉岳父母说："这个老婆我不要了，退给你们。"后来真的一次也没见来病房探望过。

季萌听说这件事后，先是呵呵一笑，然后觉得不可思议，世上真还有这样的老公啊？

春节过后，各行各业正式复工。

医院宣布的第一个人事任免，朱晓东任院长助理，兼设备基建处处长。

第三十章

两周后,医院宣布了第二个人事任免,殷衡任医务处处长。听说他的任命当时难产了很久。期间,罗鹏主任和姜书记在办公室争得面红耳赤,两人嗓门都很大,具体争吵些啥,党办主任事后闭口不谈,不该说的她坚决不说。罗鹏主任倒是直接和殷衡谈了一次,他的意见是殷衡是临床难得的人才,放弃了可惜;姜书记认为殷衡可以两肩挑全面培养,可以全面发展的。两位领导的出发点都是好的,殷衡回去也和季萌商量了。季萌是支持殷衡双肩挑,她相信自己的爱人一定能行。

殷衡到医务处报到又整整拖了两周,直至一场席卷全国的疫情肆虐中华大地。

接到市里紧急会议通报,南边大城市从去年底开始传染病大流行,是种从未见过的病毒,传染性很强,已经感染了很多人,主要是接诊的医护人员。病毒蔓延到全国,甚至是境外。北方大城市也出现大量病例，国家宣布进入紧急防控状态。

市卫生局办公室通知今天中午12点召开全市紧急会议，会场就定在了殷衡所在的医院。接到指令后，医院行政楼像空投了炸弹，全部忙开了。刚到任不久的殷衡，连忙从病房赶过来。

离开会还有九十分钟。医院门口，保安们迅速出动，警察骑着摩托车也来了，将门口车辆引导到社会停车场和隔壁小区。殷衡跟着院办一起奔到大礼堂帮忙制作席卡和指示牌。

姜书记带着党办干部去了贵宾室，沙院长带人去落实会务安排，实习护士生们一会儿就在会场内外、过道口整装站好了。

六十多分钟后，市局各主要部门负责人陆续赶到。院领导全程陪同检查流程、席卡摆放、话筒试音、会标内容等等。同时，各大医院的院长、书记，各区县的局长、书记们也陆续赶进会场找位置坐下。

八十分钟后，一辆黑色国产别克君威开进医院，停在了大礼堂门口，一位花白头发的老头下车后被姜书记和沙院长迎进了贵宾室。

九十分钟后，会议正式开始。

主持人宣布，关闭手机，请迟到的同志全部到会场后排站着参会，不许再找位置坐。那天，有十几位大医院的领导站在后排听完会议。

第一项议程，全体起立，奏唱国歌。当雄壮的《义勇军进行曲》响起时，大礼堂内所有参会者已是整齐划一，嘹亮地唱起了国歌。

第二项议程，市局领导作"非典"疫情防控动员讲话。花白头发的刘局长一个人讲，从头讲到底，讲了一小时，内容震撼人心，参加会议的同志终生难忘。

刘局长讲，全市三十多万医护人员和卫生防疫人员是白衣战士，我们的使命是"救死扶伤、发扬革命的人道主义精神"。党和人民现在需要我们，我们就要义不容辞，冲锋在第一线，牺牲在第一线。

刘局长讲，养兵千日、用兵一时，白衣战士有铁一般的纪律、精湛高超的医技，务必"令行禁止、使命必达"。"令行"就是，让你干，放下手上的事立刻去办，即使手里抱着自己的娃；"禁止"就是，不让你干，就要立刻停止，即使嘴里含着一口饭也要吐出来，不许咽下去。

刘局长讲，疫情就是战争。各级卫生部门一律属地化管理，严格执行防控制度，不得违规、不得越级、不得谎报、瞒报、缓报、漏报、错报。

刘局长讲，会议迟到的同志，不管是厅级还是处级，全部要写检讨，不得找理由，到单位员工面前去公开宣读。

第三项议程是，全体起立，奏唱《国际歌》。

会议结束了,战斗开始了。

医院最急迫的三大任务全部落在医务处,一是建立健全"非典"肺炎应急救治体系;二是重新开设发热门诊和传染科隔离病房;三是落实上级不断更新的诊疗方案,做好培训、演练和人员防护方案。

第一大任务很快就完成了,全院各科室踊跃报名,队伍当天就拉起来,直接进入战时状态。第三个任务也由各科室主任承担了。第二个任务真的难倒殷衡了,原来的传染科病房和独立门诊部已经改建成消化内科临时病房和肠道门诊,医院内也只有这个地方最符合要求。去沟通后,人家消化科强调了一大堆理由,就是不给。

朱晓东接到电话后,让阿敏去找把大铁锤,拎着就奔现场去了。等殷衡赶到时,"猪头"一个人在拼命地砸墙,头也不回地说:"兄弟放心,保证三天内给你完成任务。"他真的没有食言。

三大任务在几天内一一落实,市里督查组检查完以后非常满意,走时特意关照说:"殷处长,你们医院地处交通枢纽和申城北大门,要坚决守住啊。"殷衡点头说:"请领导放心,这是任务,更是军令。"

殷衡从一位专业的外科医生转到行政管理部门,挑战和压力无疑是巨大的,支持他不被压垮的除了信仰,还有毅力和团队。短短几天,他整个人变得憔悴,满头乌黑的头发变得枯燥无光。

申城的所有站台道口到处是穿着白色防护服的疾控人员,还有穿梭在大街小巷的救护车。电视中全天候滚动着疫情的新闻报道和医护人员的光辉形象。曾经是全社会公愤的"白狼",又变回了白衣天使。

SRAS之所以被称为"非典型性肺炎",就是因为病毒侵犯到呼吸系统后,不按规律演变,直接致使患者产生严重急性呼吸道综合征,死亡率很高。因此,胸部影像学检查对早期临床诊断是非常重要的。不远处的医技大楼里,眼镜老徐也和殷衡一样,天天顶在班上不休息,双眼布满血丝。疾控部门送过来的疑似病例,每一张胸部CT、X光片他都要反复仔细研究,生怕逃走一个细节。

那天,发热门诊送女病人来做胸部CT,眼镜老徐看后拎起电话就找殷衡:"这个病例符合影像诊断,立即请专家会诊吧。"临床迅速确诊了,病人被专用救护车送去了市传染病总院。

当天,疾控部门指挥大队人马进行流行病调查和排查,连夜封闭十几个公共场所,包括商场、超市、菜场;隔离了一千三百多名密切接触者。市局疾控处女处长气疯了,拍着桌子说:"这种病人就应该判刑,就应该枪毙,毫无公德心,知道自己发热了还到处逛。"17年后,当另一场新冠肺炎再次席卷中华大地时，已经离开卫生系统的她，再次应征担任市防控组顾问，史称"疾控女侠"。

偌大个城市笼罩着阴影。坊间传闻很多，今儿传板蓝根抗病毒有效，第二天就断货；明儿说泡腾片能预防，第二天也没了；没几天，数十万家超市的货架也空了，渐渐的满大街的人开始少了。

殷衡已经好久没有回家了。他要现场指挥传染病门诊的医护人员对疑似病例进行检查，自己也和他们一样穿着厚厚的隔离服。他还要去市里参加定点医院工作会议，有时是早上，有时是下午，有时是傍晚，也有时是半夜。回来后，他要立即传达、布置，还要继续做好医院日常的门急诊和医疗管理工作。两线作战、两头都不能耽搁。

季萌每次给他送换洗衣物的时候，也会给眼镜老徐送。袁彩云在家里囤积了很多物资，板蓝根、泡腾片、消毒水，还有各种各样的口服液，时不时大包小包地往医院送。

那天，袁彩云给眼镜老徐打电话，很心疼地说："凤凰台天天滚动播放新闻，吓死人了，他们说医护人员感染率很高，你和殷衡一定要注意安全，家里的事情有我呢。"

清明一过，病毒消失得无影无踪，疫情突然就结束了。

"非典"以后，申城及时总结经验教训，建立起了"联防联控、群防群治"的一整套突发公共卫生事件应急防控机制，为城市撑起严密的防护伞。

那场SARA疫情，大陆有六名优秀的医护人员殉职。

第三十一章

周文代理的进口呼吸机大为畅销,政府紧急采购配置,连无创便携式床旁呼吸机也成了抢手货,区域代销商们纷纷催货。

公司内专门成立了协调小组,周文挂帅。一方面派出精干的谈判团队分赴澳大利亚、美国直接找生产商洽谈进口货源;另一方面自己亲赴京城部委协调进关手续问题。

在使领馆的斡旋下,几家生产厂商非常乐意调整销售策略,还联合组团修正了专门应用于亚洲人群的工作参数和参数设置模式,加紧制作中文版的使用指南。捷报传到周文耳朵里,他着实兴奋了一把。可是,国家海关、SFDA 的进口绿色通道一直没有打开。

在京十多天了,公司总部、海外团队、区域代理商天天催促。正当他一筹莫展的时候,看到电视中正在采访小汤山医疗队的队长。他一下子从床上跳起来,直接拨通了这位从申城驻沪部队医院抽调去的首长电话。

三天后,海关总署开辟绿色通道,快速验放疫情防控入境物资,国家FDA跟进。当时国内没有此类设备,进口呼吸机及时到位,抢救了很多人的生命。

周文一战成名,公司跻身国内十大进口代理商。

市里召开表彰会后,殷衡说自己想请两天假回河湾里看看长辈们。季萌开着车,坐在副驾位上的殷衡已经沉沉入睡,车子稳稳地一路往靠海的村落奔去。

殷衡梦到了河湾里,孩童时代那里一年四季有时鲜。

春天,阿妈会去河边挑马兰头,一小竹篮马兰头在开水里焯一下,切得细细的,豆腐干也是切细细的,撒上细盐和香油,拌在一起,清香扑鼻。小妹会用小手指去刮掉在灶台上的细碎来吃。

夏天,河滩边茭白一丛一丛的,里面鼓出了肚子,阿爸会下河去扳几根回来,剥净外皮在井水里一冲,塞给兄妹俩一人一根,咬在嘴里清甜淡雅。几天后,漂在河湾里的菱角也熟了,阿婆们坐在圆圆的大菱桶内,倾着身子伸着手臂翻看菱叶,一会儿家里天井里就会有一大木桶红菱养在井水里。要找嫩嫩的剥给小妹吃,老的菱角经常会刺痛自己的手,阿妈晚上会回家剥来炒毛豆。

秋天,肥大的青壳螺蛳会自己跑到河边青石板阶上。阿妈淘米时，随手就可以摸上一大碗，剪了屁股红烧，两兄妹会伸着脖子拼命吸，阿爸在旁边喝着小酒，高兴地笑。

冬天里，扔两颗红心山芋在灶膛中，用将熄未熄的草灰盖好，晚上做完功课后掏出来，吹着灰，剥开皮，山芋呼呼烫还流着黏手的汁。每次都是小妹先咬一口，自己再咬。河湾里的宁静，就像费孝通先生在《乡土中国》里描绘的，和几百年前一样真实。

到家后，殷母炖好了一锅鸡汤，舀了满满两小碗端给儿子媳妇，让先喝着，自己去准备午饭。

一会儿，小妹带着爱人也开着车回来了。小妹师范大学毕业后留校，与高两届的师兄恋爱、结婚。他们两个现在都在大学里当老师，一个教文学，一个上思政课。

殷衡和妹夫正聊着中美政治体制的比较优势，他们两个都很感兴趣，聊得很入味。

殷父提着两只大甲鱼从鱼塘回来，高兴地看着子女们。笑着说："你们都回来啦，我今天特意从鱼塘捉了两只大甲鱼。一只下午让你妈烧了，还有一只你饭后送到季家去。"说完，看了看儿子。

殷衡跑到厨房去帮殷母烧灶头，边烧边问："阿妈，后面的河湾怎么水不清啊，还有点红红的。"殷母答道："隔壁村开了家电镀厂，往河里排污水呢，这河水现在根本不能用,只能喝井水。村子里好几个老人都查出来有肿瘤,你丈人老头去镇上找了好几回了,镇长书记都说没证据证明人家排污,没法处理。前两天又去找区里的环保局执法大队,也说没证据,不予立案。"殷母越说越气。

正巧殷父进来,也跟着说:"还用找啥证据啊,不是他们偷偷排放的,还能是谁?环保局自己不会去找啊?"殷父一提起这事,也是肝火上窜:"鱼塘承包期也到了,你老丈人对我说村里收回去不准备再给我承包。一开始我还有意见,他劝我不能再养了,万一用了这河水,鱼还不得全死了,又要竹篮子打水——一场空。你丈人老头好心,比我有决断,晚上咱俩跟着小的们,一起去讨顿饭吃吧。"

午饭后,殷衡一手牵着季萌,一手提着那只大甲鱼去了河对岸的季家。

季父最近经常咳嗽,烟已经不大抽了,酒还喝点,不过每次喝的少了。季母一直劝他去申城找女婿,好好检查一下。季父老是说不想给小辈添麻烦。听着烦了,老头就自己去卫生院开两粒头孢霉素对付一下。最近他一直在为河水发臭事情担忧,漂在岸边的死鱼死虾多了,水草也长不了几根,还光秃秃的。他一边去找镇上、区里投诉、举报;一边想主意应付,酒厂生产用水已经全部换作深井水,还给几家养殖场挖了井,村里去年年底通上了自来水。

季萌进屋听季父一直在轻咳,去摸父亲的额头,再摸摸自己的额头后,马上叫了起来:"阿爸,你有低烧。"殷衡赶忙去找来体温计,一量有38度,说要马上带着回医院去检查。好说歹说,季父才答应第二天跟着女儿女婿走。

晚饭后,趁着父母和岳父母在拉家常,殷衡出门去找了殷六,两人一起打着手电筒,沿着河一直往北走,走了很远。走到隔壁村子的一排旧厂房边上,铁栅栏拦住了。两人四周围看了一圈,见没人走动,院子里有几间房子亮着灯。旧厂房啥门牌标识都没有,看似废弃很久了,门口石子路倒是有很深的汽车压痕。殷衡刚要敲门,被殷六一把拦住,指着水泥墙说:"咱翻进去看看。"

水泥墙不高,墙头插着玻璃块。只见殷六找了块砖头,一下一下地把玻璃轻轻敲掉,再顺手用砖头磨了一下。回头凑在殷衡耳根说:"可以了,我先上,你等会儿。"说完脱下外套甩上墙头,后退两步一个猛冲跳上去,单手挂住了墙头,这身手还挺灵活。人翻过去后,扯了一下衣服示意可以跟进,殷衡依样也翻了进去。

两人绕开亮灯的房间,四周围里查看。那些厂房的窗户全部密封着,窗玻璃用厚绒毯挡得严严实实,看不到里面到底是啥。两人兜兜转转也没找见排污口。眼看快过半夜十二点了,正准备翻墙出门时,忽见灯光一闪,有两人从房间出来,拉下厚厚的口罩,掏出烟来点着。一人往西面拐角处撒尿去了,另一人径直走到西北处,揭开几块破石棉瓦,拿起边上空心铁管，套住扳手往上一顶。只听见水声哗哗，一股刺鼻的臭气弥散开来。这就是电镀厂的实际加工点，厂址偏僻，瞒天过海几年了。

两人悄悄地翻墙回家。

第二天季父带着殷六直接去了市环保局，从市环保局出来后住进了医院，术后诊断为"肺腺癌晚期，锁骨上淋巴结转移"。季父术后放弃放化疗，坚持锻炼，罗汉酒照喝。

后来的日子里，他只专注于做一件事情，那就是锲而不舍地跟进电镀厂的处理。有人说他是"神经病"，也有人说他是"偏执狂"。

电镀厂一会儿说要停业整改，一会儿说在引进成套污水处理设备，一会儿又说工艺技术升级了……停停开开、开开停停，拖了一年又一年，直到中央环保风暴刮来，新调任的区环保局党组书记兼局长果断出手，这家电镀厂终于彻底停产关门，老板被移送司法机关，判刑十六年。区环保执法大队、镇上领导也一并问责处理。当然，这是后话。

季父还是等到了黑心老板被判刑的那天。殷衡对眼镜老徐说："你看过我岳父的每一张胸片，医学上无法解释他的奇迹，也许这就是信仰的力量吧。"

善恶终有报，天道好轮回；不信抬头看，苍天饶过谁。

第三十二章

殷衡认为挑战生命极限需要信仰的力量。也有人认为"科学的尽头是神学"并将之付诸实践。

秃头老吴的到来,让殷衡觉得很突然。眼镜老徐对突然造访的秃头老吴表示出了极浓的兴趣,在"神仙会"隆重地宴请了他。

毕业后,秃头老吴又在精神卫生中心住了大半年。有一天,他告诉医生说:"我真的没病,你们不相信的话,就再全面评估一下。完了,我要回家。"两轮评估结束后,秃头老吴被接回了杭城老家,在家里又闭门大半年。

一天,他对父母说自己都想通了、开悟了。他事后回忆说自己一直沉溺在这个情感漩涡中不能自拔,也找不到突破口去释放;当彻底抛弃和无视这个情感漩涡后,天地一片广阔深邃。他要出去走走。

然后有一天,他离开了父母、离开了家。

每个月他都会给父母打个电话、发个短信，报个平安。父母觉得儿子病情好了，也很高兴，出去走走散散心总归是好的，只要平安，也定期给他的银行卡打些钱。

据秃头老吴说，自己因祸得福无意间打开了智慧之门，探究到另外一个平行的世界。为了印证，他关在房间里看了半年古籍经典，又花了三年多游历大江大川：去西藏青海找过喇嘛，四川青城拜访道士，也去了九华、五台、普陀、峨眉，甚至还到了尼泊尔和耶路撒冷。

"回来后，我继续从事治病救人的事业。"秃头老吴不无自信地说。

"你又回临床做医生啦？"殷衡听得目瞪口呆，诧异地叫了起来，茶水喷了一地。

"哪里呀，你们临床医生治的是肉体上疾病，我治的是灵魂上的病。说不一样也一样，说一样也不一样。"秃头老吴哈哈一笑又说道："申城几位领导要我来帮忙看看风水、测测运程，约了很久了，再不来要难为情了，所以一忙完京城的事，下午就飞过来，准备待一天，明晚还要赶去深圳。"

这次，秃头老吴受到盛情邀请到申城后，特意回绝了一帮权贵们的晚宴，要来见见殷衡，那个他心里面很佩服、很欣赏的老同学。到底佩服在哪里，欣赏在哪里，他自己不说没人知道。

眼镜老徐今晚特地选了一瓶五十年的茅台年份酒，打开后满屋飘香。

"徐哥，我今天喝了这杯酒，送您几句话。"秃头老吴一口干了面前的酒后说，"我只喝这一杯，后面以茶代酒。"眼镜老徐见他说得坚决，也不客套，洗耳恭听。

"你三年内必有一大灾，躲是躲不过的，防范还是很有必要。"眼镜老徐脸色凝重起来，竖起来耳朵听着。"生意上千万不要动土，能绕就绕、能避就避吧。"

"那我老婆呢？"眼镜老徐前一阵子投了一大笔钱在齐鲁房地产公司，听了秃头老吴的话一下子紧张了起来。

"徐哥，嫂子的事就是你的事呀，分不开的。"秃头老吴说。

"谢谢提醒，我知道了。你看我爸一直要让我生个儿子，我命里会有吗？"眼镜老徐想着自己父亲一直唠叨着要传宗接代，正不知如何是好，前两天和袁彩云商量着，准备等这次怀上了去香港或者加拿大生，可以规避一下计划生育政策，自己又不想放弃医院的工作，现在身边的朋友都这么办。

"命里有时终须有，命里无时莫强求。"秃头老吴神秘一笑，"徐哥，你命里有三个千金呢，可没儿子啊。"转过头对着殷衡说："老同学，你命里只有儿子啊，有女儿也会飞走的。"

那晚三人聊得挺欢畅的，尤其是和眼镜老徐。殷衡一直觉得，他和秃头老吴整晚都在两根平行线上，无论是话题，还是人生。

等接近散局时，周文赶了进来连说抱歉，忙着罚酒。秃头老吴仔仔细细打量着周文，对眼镜老徐说："生意做得再大也不要忘本噢。"周文讪讪地站在原地，不知道怎么接口。

有人已经帮秃头老吴在浦江边上的五星级大酒店定好了套房，还专门派车来接他。眼镜老徐一路送秃头老吴到车上，临走时还塞了一个厚厚的红包。

疫情结束后，殷衡又开始行政、业务两边跑。医务处的工作很繁忙，临床业务也不能放弃，跟着罗鹏主任读博还有一年要毕业了。

姜书记很支持他的工作，加强了医院医务处的力量，专门配了两个副处长，侯静分管医疗质量控制和门诊，林子建分管医疗纠纷，都是临床出来的，上手快，业务精，关键是三人配合默契。

最近医院的医疗纠纷又开始多起来了，病人家属投诉举报五花八门；到医务处来的不光是家属，还有开着律师函的委托人；有的要复印病例，还要借阅病理切片……国家尽管颁布了《医疗事故处理条例》，市里也发了很多红头文件，一会儿成立医疗事故处理办公室、一会儿成立医疗事故鉴定中心，最近又听说理赔中心成立了，可是医务处的人还是忙得应接不暇。

那天，一对老夫妻缠着找姜书记，要当面投诉，非要见着人不可，党办主任没办法了，就请殷衡去接待。他和林子建两人好说歹说，把老夫妇请到了办公室。老人问两人管不管事，能管事就说，不能管事还得要去姜书记办公室等人。林子建很肯定地告诉老人："殷处长是我们医院的医务处长，能做主的。"

老太太先开口说道："今天凌晨，我儿子急性胃穿孔送医院手术，你们医院的外科医生沈坤收了我们1000元红包，是我用牛皮信封包着给他的，这个算不算违规，要不要处分。"殷衡一下子头晕了，证据确凿啊。林子建一听，说先要去接待复印资料的律师，出去了一趟。

殷衡连忙说口说无凭，需要做个书面记录，然后从抽屉里拿出纸和笔来，请老夫妇仔细回忆每个细节，然后帮忙写下来，边写边核实，写完后还请他们签字确认，算是正式书面投诉。

一会儿，林子建进来朝着殷衡点了点头，两人心领神会。

"两位老前辈，你看我们当场就把这个事情搞清楚，事情真如你们说的，我们不但要沈医生退钱，赔礼道歉，还要严肃处理，你们看好不好？"殷衡很严肃地说。见老人同意，立即拨通了普外科电话。护理部说沈医生还在手术台上，电话直接挂进手术室，请沈坤下手术台接电话。

电话开了免提，对话声音清晰，还当场录音了。沈坤电话里当场承认有这回事，还补充了细节，他进手术室门口时，这对老夫妇一定要给他塞红包，实在推辞不了，又担心不收的话老人会着急，就暂时保管着，手术结束后已交给科室支部书记了。

挂了电话,立马又接通支部书记电话,还是开着免提录着音。支部书记电话里很明确地说,红包在他手上,已经开收据给沈坤了。可以现在就把红包和收据拿过来。

那对老夫妇见到红包后,仔细翻看。老头一个劲埋怨老太太说:"送也是你想出来的,投诉也是你想出来的,还差点冤枉了这么好的医生。"

其实,何止是冤枉、陷害,甚至连打杀医护人员的事件都在一幕一幕上演,白衣天使又蒙灰了。

季萌最近不舒服,懒洋洋地,吃啥都反酸想吐,算算经期,已经过了几周了,连忙打电话给殷衡。晚上,季萌拿着验孕棒喜滋滋地对着殷衡说:"你要当爸爸啦。"殷衡一把抱起季萌,狠狠亲了她一大口,下面的老二也举了起来。

第三十三章

申城洋溢着喜悦,杨利伟将乘坐神舟五号飞天,千年的嫦娥奔月梦指日可待,街头巷尾热议,电视报刊都是新闻,华夏大地欢腾起来了。

季萌肚子里的动静也越来越大,最近不去上班了。季母因为要照顾季父来得少,殷母有时会住两天陪陪。最近小妹也怀上了,正遇早孕反应,殷母两头都要顾。家里请了钟点工陈阿姨,邻省人,四五十岁,手脚利索,每天早上九点到、晚上六点走,不住家,季萌用得很顺手,平时出手也大方。袁彩云每天下班接好女儿会过来走一趟,姐妹俩关系很融洽。袁彩云问女儿:"阿姨肚子里是弟弟还是妹妹啊?"两人期待着答案。可是女儿的答案永远是:"妹妹。"袁彩云有点失望,她担心季萌会更失望。其实,季萌倒无所谓。

眼镜老徐最近神神叨叨,下班后一直把自己关在"神仙会"的大房间里。有时回家也心不在焉,袁彩云问是不是科室有事,眼镜老徐摇摇头;又问是不是股市不好,眼镜老徐还是摇摇头;再问是不是徐父想抱孙子的事,眼镜老徐还是摇摇头。她一下子上火了:"你个大老爷们,有事憋肚子里干啥,是不是外面有女人了?你说出来就是了。"这下眼镜老徐急了,把秃头老吴的话告诉了自己老婆。

"江湖术士的话你也当真?"袁彩云一脸不屑地说。

"宁可信其有,不可信其无。小心为上,小心为上。"眼镜老徐推推眼镜说。

"你要真信的话,我就从齐鲁房地产公司退出不干了。"袁彩云不假思索地说,"股份转给你哥哥姐姐或妹妹都可以,再不行也可以转给你爸妈的。"

转股份是方便的,问题是怎么向大堂兄开口。搞房地产开发是眼镜老徐自己兴起来的,大堂兄余春牵头,各叔伯兄弟们集资的,不能说退出就退出,他愁的是这个事情。

晚上,周文过来和眼镜老徐碰头。最近医药公司生意不错,现金流也很充足。周文商量想分红,眼镜老徐一口答应,让他先准备个方案。随后,周文有点吞吞吐吐,欲言又止。眼镜老徐见状,就问:"还有事啊?你说说看。"

周文其实肚子里还有几件事情想和眼镜老徐商量,一时开不了口,见眼镜老徐问起来也就直截了当地说了。

第一件事是想买下眼镜老徐租给他的房子,租总归不是个事情，老婆在耳边嘀咕了好多次了，再说自己年薪也可以拿到100多万，再加上分红完全可以拥有自己的房子，这也是自己跳槽出来的主要原因。眼镜老徐一口答应，告诉他按照市场价打个八折，到时候去房产交易中心办过户手续。

第二件事情是想搞股权激励，三方股东等比例退股10%，用于激励市场团队。公司业务越做越大，市场竞争也很多，最近就有两个骨干，辞职后自己拉队伍开公司了，带走了一些重要客户。眼镜老徐想了一下说："这两天和殷衡商量一下，我觉得没问题，留住人才很有必要，原始股东可以让出15%，20%也可以考虑的，不过要评估一下，让市场团队真金白银投进来。"与殷衡商量，那是客套，也是必须的。

周文笑逐颜开，原想这两件事情有些难办的，没想到眼镜老徐爽快答应了，而且还远远超出自己的预期。一下子提起了干劲，想着一定好好干，不能辜负兄弟们的信任。

齐鲁房地产公司最近一直盯着滨江那块2004-135商业住宅用地，专业团队的公关工作做了不少，心中基本有底，只待地产交易中心的公开拍卖。但大堂兄徐余春还是不放心，这是齐鲁房地产公司的第一次拿地，势在必得。已经召集股东们开了好几次会议了，反复研究拍卖公告内容，编制成本预算、竞拍策略以及后续开发销售等工作，这个经营团队的确专业、高效。眼镜老徐每次都参加，他是来学习的，很认真地听汇报，越听越觉得隔行如隔山。

这几天齐鲁地产交纳保证金，领取了竞买号，号牌为003号。

拍卖当天，大堂兄徐余春亲自出马。主持人介绍完2004-135号地块的拍卖位置、面积、用途、规划要求等后，也公布了拍卖起叫价4.7亿元，每轮加价1000万元。经过几轮后，003号以5.6亿元的最高价竞得，完全符合股东会的预期。

当晚，徐庄的叔伯兄弟们在"神仙会"举杯欢庆。

千里之外的徐庄一片宁静。

徐庄的夜来得特别早，庄子里上百户人家，子女不是在县城工作，就是外出谋生，留下来的都是老的老、小的小。白天相互见面，能招呼的也都招呼过了，不需要晚上再串个门聊个家常。晚饭后七八点钟都准备着上床，徐家父母也已经睡下。

忽听见在规划设计院上班的大儿子徐余秋从县城赶回来，正咚咚地敲门。徐母惊醒，起床开了门，忙问大儿子："你好好地上班，怎么今晚上一脚高一脚低地赶回来了？"

"爹睡下了吗？"大儿子问。

"才睡下，还没起呼噜呢，我去叫起来。"徐母说完走进卧室。不一会儿，徐父披着外套出来了。

齐鲁要修建一条高速公路，徐余秋异常关心这个规划，因为在设计草案中要建县城出入口，徐庄和徐家祖坟是必经之路。自己和规划科提过好几次意见，后来想着省里批复同意的可能性不大，也就没和家人提起来。没想到县里经过争取，希望能带动当地经济发展，省里经过权衡，同意了这个规划，下一步就是征用土地。

"爹，我原想着周末回来再告诉你的，今天白天听说县城的交通建设规划上面已经批了，晚上去打听确切了，就连夜赶回来跟您说一下。"余秋定了定神说。

徐父听完后，拎起门背后的铜锣和棒槌，一路当当敲打着去召集村干部到村委会开会。徐父一夜未归。

第三十四章

村委会里，意见相左的两派开始争吵起来。一派意见很明确，老祖宗留下来的怎么可以在自己手上毁了，祖坟不能平、祖屋不能拆。另一派的态度稍温和些，只要赔偿到位，祖屋可以安置，祖坟是万万不能动的。徐父只抽香烟不说话，他是村长，虽不是啥官，可徐庄百来户人家等着他拿主意。

鸡叫三遍，徐父说："事情就是这个事情，大家回去再和家人商量商量，等县里正式找我的时候，我们再聊吧。"说完扭头回家，准备补上一觉。

没过几天，县里和镇上一起来找徐父了。徐父啥都没表态，坚持要领着干部们现场看一下兜一圈。等看完兜好后，回到村委会坐下来，干部们开始宣讲政策、谈补偿方案，最后很严肃地说："你是村长，你要带头响应号召做好村民工作啊。"

一听这话，徐父被彻底惹怒了，一下子站起来手指着领头干部的鼻子骂道:"你们这帮王八蛋,让你们兜一圈看看,还没看出个门道来啊。这些个祖坟、这些个祖宅都是文物,都传了好几辈子了,能保留下来不容易。当年日本鬼子来了,咱硬是没让给破坏;'文革'破四旧的时候,咱也没让破坏;现在到你们手上,图纸一画就想推平。要推平,从我身上推过去。"门口一帮老少爷们听了,大喝一声:"好,有种。"那些想着要赔偿的村民悄悄低下了头。

县里听说此事后,立即成立工作班子,主要领导发话,拿不下徐庄就拿下你们的乌纱帽。然后指令层层传达下去,事情还得要镇里解决。与徐庄沾亲带故的干部,镇里已经撤换了好几个,可是修建高速公路的土地征用手续就是办不下来,问题就是卡在了徐庄和徐家祖坟。

从外地新调任的镇党委书记连夜开会商量方案,一下子制定了好几套。第二天,镇上开始逐一排摸各家各户的家庭关系,还做成树状图挂在镇党委大会议室里。

徐庄共有 123 户,徐父一辈大多 60 岁以上了,有 185 人;二代子女 209 人,在本地就业的 27 人,其余 182 人均在外地做生意或打工。当中还真没一个做官的,徐家大儿了也就是个技术员。那天被镇里领导专门找去谈话,希望回家做做父亲的工作,要讲大局破除老思想老观念,舍小家为大家,支持国家经济建设。徐余秋踌躇了半天说:"我不敢啊,老爷子发起脾气来罚跪还是小事情,拿扁担抽都会啊!"镇领导一听哈哈笑起来："那你就不怕丢了县规划设计院的铁饭碗啊，那可是事业单位。"

徐庄人还真都是吃软不吃硬的种，徐余秋平时文文静静，从不惹是生非，走路都怕踩死蚂蚁的，一听镇领导这么要挟自己，啪的一拍桌子说："怕啥，咱徐家人都是凭本事吃饭。"说完一甩门，继续上班去了。

徐庄各家各户都通知在外的子女们一律不许回来。镇里要挟子女的计划破产了。

县税务局最近一连带走了三个在县城做生意的徐庄人。税务局干部铁板着脸说查实他们有偷税漏税问题，要从严处理。生意做得也不大不小，无非是开了个建筑材料店、水果批发铺、小饭馆啥的。徐庄的小辈们态度很好，同意严肃处理，该罚款的罚款、该补缴的补缴，就是不同意将土地征用与这事混起来处理。

最近徐庄已经断水断电了，庄子里一到晚上就黑漆漆的，只听得见猫叫狗吠。事情就这么僵持着，没见有啥进展。县上、镇上干部们一筹莫展。

在申城的大堂兄徐余春和兄弟们发愁，总觉得有什么事情要发生，回又回不去，谈又没法谈。那天，忽然接到徐余秋电话后，一众人全都傻眼了。

徐庄祖坟、祖宅全都被推平，徐父和两个叔伯兄弟一起服农药自杀了。

　　镇里拿出了最后一套方案，委托拆迁公司全权负责拆迁工作。当推土机开到徐家祖坟的时候，徐庄老人们还在晒谷场上聊着天，听说推土机轰隆隆地在平坟头，全都哭天喊地冲了过去。赶到一看，石碑已经乱七八糟躺了一地，祖坟差不多铲平了，老人们当场哭晕过去好几个。愤怒的老人拦住了两辆推土机，要上去拉扯驾驶员。驾驶员见状，一个挣脱没命地跑了。

　　一会儿，不远处的徐庄也传来大批轰隆隆的声音，漫天尘土飞扬上天。徐父大叫一声："不好，徐庄没了。"

　　徐庄真的没了，留下一堆堆瓦砾。修修建建几辈子、老老少少十几代、风风雨雨上百年的祖屋倒了。

　　徐父以及徐庄一帮老辈们心中的那根大柱子也轰然倒了，徐父一下子苍老好多，高大的身躯像被抽空了一样。他含着泪念叨着："今后儿孙们还能回哪儿去呀？他们没家了，没根了。"然后让徐母去找儿子们。

　　几天后，三位风烛老人坐在废墟上，抽着烟喝着农药，一起上路了。

　　各地的儿女们全都赶回来了。三口棺材安放在晒谷场上，全村几百号人披麻戴孝，撕心裂肺的哭声传得很远很远……

　　一大群站在外围穿着制服的人，也蹲在地上抱头痛哭起来。

人命事件一直发酵了很久，从镇里，到县里，再到市里、省里。补偿方案、安置方案、问责方案、处理方案层层批示，层层督办。新镇长被免职，动拆迁公司的老板失踪了。大堂兄徐余春跪在村口不吃不喝一天一夜，几个徐家的叔伯兄弟们也都跪着相陪，其中就有眼镜老徐。待到起身时，他告诉兄弟们"记在心里"。

最后在施工勘探中发现这一线路上都是软土基，无法在上面建高等级高速公路。规划线路东移了三公里。被铲土机推平了的徐家祖坟祖宅和三条人命就这样撂在那里，没人再去过问。只有后辈们经常来吊唁。

徐庄人的悲痛，渐渐化作了徐氏家族人们的奋进。祖坟、祖宅虽被推平了，可徐姓人还在，在每个后辈们的记忆里、血脉里。

那些年，华夏大地上修筑起了一条条宽敞大道、一幢幢高楼大厦、一座座崭新城市，也消失了很多古建筑、古墓群、古文化。

第三十五章

医院里很多新技术、新疗法正在逐渐推广上马。微创手术是外科发展大趋势，尤其是腹腔镜手术，与传统手术相比，术后周期短、瘢痕小，深受患者欢迎。现在已经普遍应用于普外科的胆囊切除术，阑尾切除术，结肠切除术，脾切除术，胃、十二指肠溃疡穿孔修补术，疝气修补术，最近还在小范围开展肿瘤切除术。妇产科的姐妹们也在用腹腔镜开展卵巢囊肿摘除、宫外孕、子宫切除等手术上。为此，两个科室争着申请腹腔镜设备。最近，泌尿外科、胸外科也找医务处申请临床腹腔镜的新技术应用。

医院设备科今年调整预算，准备增加五套进口腹腔镜设备。

周文最近一直在和"猪头"朱晓东"勾兑"。平时"猪头"应酬忙，喝完酒喜欢去公园旁边的高档足疗店躺一会儿，顺便捏个脚、拔个火罐。

这天，周文先过去订好双人足疗房等他。接近晚上十一点多，"猪头"醉醺醺进来了，躺下没一会儿就睡着了。请人帮他捏了三刻钟的脚后，周文硬是扶他起来喝了一大口冰镇乌梅茶，"猪头"也就迷迷糊糊醒来了。周文忙问起新增五套进口腹腔镜设备预算是否已经批了。"猪头"点点头后说："单价和上半年一样，不过你们要多附赠些耗材。这次还放在机械进出口公司招标，你自己去和他们商量吧。"周文高兴地说："谢谢朱院长，招标公司我熟悉的，不过关键还是要听您的，您代表甲方。那个费用我还按15%给您留着，怎么处理听您的。"

见"猪头"挺满意的就又说道："这家足疗店我有贵宾卡的，你每次过来报我名字，他们自会记账，你不用管的，消费完就走人。"然后把足疗店老板叫过来，特意关照了好几遍。以后，他们俩有事没事经常在这里碰头。

一个月后，周文的医药公司以单价每台50万元，总价250万元中标。那天晚上，"猪头"做完足疗后，手里提了个黑色马甲袋直接回家去了。

殷衡的博士研究生答辩会放在周末下午举行。学术报告厅里已经坐满了人，大学研究生部领导主持了答辩会。七家附属医院的十五位临床博士生的现场集中答辩会在抽完签后开始了。

台下第一排专家里，罗鹏主任也坐在里面。

殷衡排在第五个登台发言，博士论文和其他资料都已提前寄给了专家们。专家的提问也非常有针对性和指向性。前面几个答辩不是很顺利，专家的问题让他们一时间难以应付。殷衡在台下有些紧张，等到他上台后，用PPT介绍完研究方向和研究成果后，外面的几位专家果然已经准备好开炮了。没想到罗鹏主任坐着用不轻不响、不紧不慢的声调对着左右专家说："殷衡是我学生，他的博士研究论文我不是很满意，各位专家不要客气噢，该批评就批评，有利于年轻人的成长嘛。"其他专家一听，哪还有啥意见啊，不痛不痒地问了几个研究结果和临床应用便结束了。

殷衡答辩完，来不及和自己的导师交流，急匆匆地往产科病房赶去。季萌快要临产了。

医院产科病房现在已经有特需了，单间，一个晚上1000元床位费需要自费。季萌就住在单间里，殷母和季母这两天都陪着。季父身体不好，在殷家宅家里请本家的一位嫂子照顾着起居饮食，每月季萌支付800元给人家。殷父隔三岔五会去陪着他聊个天喝个酒，两老头现在惺惺相惜，很聊得来。

殷衡进去的时候，季萌很兴奋地连声问道："答辩怎么样啊，顺利吗？"殷衡心想自己导师罗鹏主任在行业内也算是学霸级，他都在会上都这么说了，还能有啥问题，再说自己的普外科手术微创化临床成果很先进，代表了大趋势。他笑呵呵地凑到季萌耳根边说道："没问题了，很顺利。小宝宝在肚子里动得厉害吗？"话还没说完就见季萌的大肚子上凸出来一个小脚丫印子，季萌"哦呦"一声，房间里的人都笑了起来。

殷衡请来探望的袁彩云把母亲和岳母送回家去，晚上准备自己陪着季萌。季萌朝左斜斜地侧着身子看着自己的爱人，殷衡躺在旁边的陪护床上也侧着身子看着她。两人聊着天，聊着小时候校园百草园里的花，聊着河湾周边的老柳树，聊着紧张的高考时光，不知不觉中都睡着了。

产房值班护士悄悄地推门进来，叫醒了熟睡的殷衡，小声说道："殷处长，急诊有大事，快起来。"

北面高架上十几辆车子追尾，交巡警和救护车一下子送过来二三十个病人，后面还在陆陆续续将解救出来的病人往医院送。殷衡轻轻关上病房门，连奔带跑往医院急诊室赶，见门口一片警灯闪烁，人声嘈杂。

殷衡冲进急诊室后，下达了第一个指令，急诊值班护士立即呼叫各科值班医生到急诊室会合。一会儿，普外科、骨科、胸外科、脑外科、泌尿外科、心内科、呼吸内科、消化内科医生纷纷奔往急诊室。

他紧接着下达第二个指令，通知了总值班向院领导汇报，同时启动医院重大突发事件响应。大外科、大内科、手术室、放射科、实验室、血库等各科室马上响起警铃。三分钟后，总值班护士长通过医院集群呼机号给医护人员发出信息："重大伤亡、速回岗位，特急。"医院后面家属大院的灯光一盏盏亮了起来，一群群接到指令的医护人员从四面八方赶到医院。

急诊护士已经配合急诊科医生对所有病人进行了初步诊断和分类，重危病人12名，戴上红色腕带直接送抢救室；中度伤病人18名戴上黄色腕带送留观室；轻伤病人23名，戴上绿色腕带在旁边的门诊大厅待诊。一大群护士利索地给红色黄色腕带的伤病员开通了静脉通道。然后一批批病人在医生护士的护送下往放射科、病房、手术室分流。

第三个指令也紧急下达，医院血库立即联系市血液中心备血。

放射科灯火通明，脸色苍白的眼镜老徐也正忙着给伤病员做CT检查，殷衡很想上去拍拍他的后背打声招呼，可是来不及寒暄了，他连忙转身冲向手术室。

医务处的两位副处长都已经到位，在组织协调。

殷衡带着助手上台，手术一台接着一台，一直持续到了第二天清晨。当最后一个病人被送回病房后，医生护士们全都躺在手术室的地上睡着了。

当晚，季萌宫口全开，自然分娩困难，最后改为剖宫产。就在隔壁手术室诞下一女婴，浑身通红，七斤三两，母女平安。

第三十六章

一周后，12名重症病人救回来8个，在SICU继续治疗，病情稳定，其他病人陆续出院。市领导和市局领导发来了感谢信。

季萌带着孩子出院回到了自己家中。

袁彩云通过月嫂中心高价请了位月嫂一同陪着过来。月嫂高高壮壮的，拎着拉杆箱，开口声音很响。殷母要去照顾待产的小妹，也就脱开了身子，说好月嫂费用由她来出，季萌笑着说："阿妈，小袁已经付过了。"

季母惦记着季父的病体，见家里有了月嫂还有钟点工，再说袁彩云一直过来帮忙的，也想回河湾殷家宅去一趟看看，过两天再过来陪女儿。袁彩云就让房产公司安排车辆分别送两位老人走了。

月嫂见没人帮忙，就对着季萌说道："姑娘，我们做月嫂的也有规矩，只照顾小孩子吃喝拉撒，不管产妇的。"季萌一下子没反应过来，钟点工陈阿姨忙接口说："大人我来照顾吧。"月嫂回过头来白了陈阿姨一眼又说道："我呢，白天晚上照顾孩子很累的，又要给小囡洗澡，还要给小囡冲奶，所以你家小孩只能用尿不湿，不可以用布尿布，我没空洗的噢。"没等人接话继续说道："早饭我只吃凯司令的蛋糕和鲜牛奶，晚上我是睡席梦思，不睡地板的。"

陈阿姨一听觉得太不像话了，连忙接过话茬："东家请的是月嫂还是祖宗啊，你不要做了，我自己生了两个孩子都是亲手带大的，两个小孩也是健健康康的。这里我来照顾，您请回吧。"

季萌一听乐了，说道："我只要陈阿姨就可以了，你回吧。"那位月嫂一脸无赖腔问道："那我今天一天的劳务费呢。"陈阿姨连忙躲书房去给袁彩云打电话。一会儿袁彩云赶来，一听是这个样子，气得立马赶月嫂："钱，我已经预付给你们公司了，我会打电话过去的，快走快走。"一边说一边把还没打开的拉杆箱扔出了门外。

晚上，殷衡回家要抱女儿，陈阿姨一把拦住让他先去洗手，换衣服。季萌看着殷衡小心翼翼地抱着女儿，像是两手臂托着个百十来斤的秤砣，笑了起来。

吃晚饭的时候，季萌把白天月嫂过来给自己做规矩的事情说了，说着说着一口饭差点笑喷了出来。殷衡边听边笑，忽然想到什么事情了就问:"袁彩云有提起眼镜老徐这几天在忙啥哇?"季萌摇了摇头。

陈阿姨这几天要睡在主卧,陪着季萌晚上照顾小囡。

殷衡就把枕头被子搬到次卧去了。然后跟季萌说要去"神仙会"看看眼镜老徐在不在。徐庄出了这么大事情,他还没好好安慰过。

眼镜老徐一个人在"神仙会",正静静地擦拭着一件件收藏,擦得很慢、很仔细。见殷衡进门找他,便招招手让他一起到大桌子边去,然后拿起一块玉石说:"这是战国时期的龙纹佩,年代久远,带有自然沁,边上已经钙化,简练古朴。高古玉在市场上卖不出几个钱,但是这绝对是古代王族的东西,你平时带着身边,也好护佑平安。"

说完又拿出带着项圈的长命锁说:"这是家传的老货,能锁住生命,让孩子平安健康地长大,给你女儿戴着吧。算是做伯伯的礼物。"那黄金长命锁很精致,正面刻有"富贵长命",背面刻有"芝兰并茂"。

殷衡本想推辞,一想若要客套的话兄弟间会生分,就小心地收好了。还在想着如何开口提及徐父和徐庄的事情,也好安慰安慰他。见眼镜老徐说:"我爹一生耿直,死守祖训,到底还是输给了这个时代。我最近一直在想个问题,到底是他们老一辈没跟上潮流,还是潮流把他们给甩了。"说完一抹眼泪。

眼镜老徐不想再讨论父亲的伤心事,换了个话题:"周文上次说要分红的事情,准备拿1000万元出来按股权比例分了,我还没来得及跟你说呢。"

殷衡回道:"徐哥,听你的。周文想着能给自己买套房子,也好圆了他的梦,他就是因为医院没解决改善房的事情被逼跳出来的。"

"他一直租我的房子住着,我已经打八折卖给他了。我也同意原始股东等比例退股,拿出股权给经营团队作为激励,他的方案也做好了,你看看可以吗?"眼镜老徐拿出周文的方案递给殷衡。殷衡看了一眼,觉得没问题。

眼镜老徐说:"最近,周文拿下了咱医院五套腹腔镜设备的单子,也列支50万元,说是要方方面面打点打点。我总觉得此事有点悬,属于商业贿赂,万一出事情,要吃官司的。"

殷衡问:"要不要让他过来一趟,咱们好好合计合计。"见眼镜老徐点了点头,就掏出手机打给周文,周文一直没接。

齐鲁房地产公司在申城的业务扩张很快,通过第一块商业住宅用地的开发,积累了经验。之后与邻省的商业银行合作,通过抵押贷款,进一步增加流动资金,开始大量囤积土地,进而与境外房地产开发公司形成犄角。同时,在大堂兄徐余春的强势主导下,再次调整战略布局,业务逐渐伸向齐鲁大地。

齐鲁大地上的徐庄子女们也开始聚集起来。县城新成立了齐鲁建筑设计公司，总经理就是辞职后的徐余秋，还有几个原来在县设计院的老同事，开始与县规划设计院展开业务竞争。而后齐鲁建材商城、齐鲁饮食城、齐鲁大卖场等企业一家家地开张，背后的投资方都有齐鲁地产的影子。

医院职称评定委员会新聘任一批高级职称的医师，副主任医师中殷衡和徐余庆都在榜上，朱晓东没有上榜。

几天后，医院宣布院领导班子进行调整，沙萍接任院党委书记兼院长，姜书记退休。

又几天后，院党委宣布新的任免通知，朱晓东提任副院长、殷衡提任为院长助理，免去超龄服役的罗鹏大外科主任职务，从金陵医大一附院引进的陆全友主任接任。

第三十七章

不知道是不是秃头老吴的话一直让眼镜老徐心里很警惕,还是徐庄的变故刺激到了他。眼镜老徐一定要殷衡下班后就去"神仙会",说有重要事情商量。殷衡到了家门口准备先回家看看女儿,现在他一下班就想着要回家抱抱、亲亲自己的闺女。

小区门口,眼镜老徐已经在等着他了。两人一进房间,眼镜老徐就把门关紧。

"兄弟,今天有很重要的事情要和你商量。"估计眼镜老徐考虑很长时间了,想法应该很成熟就等拍板决定了。

眼镜老徐要把齐鲁房产的股权全部过户给自己的大哥徐余秋。这事情很大,投进去的几千万现在要变现也有好几个亿。不过这是家事,殷衡也不能说啥,随口问了一句:"嫂子不是在齐鲁地产兼着股东和监事呀,这个也要变更吗?""当然,要退就退得干干净净。"眼镜老徐说:"彩云怀上了,我准备让她去香港生,我还想着要好好做医生,违反国家计划生育政策的事情我不能做,要开除的。退股变现的钱拿一部分出来,让她在香港置业。"

眼镜老徐继续说:"还有个事情,我一直在观察股市,已经趴着好几年不动了。我觉得要提前布局抄进去。"其实,殷衡对股市还真不是很关心,平时都是眼镜老徐在帮忙操作,点点头听着。

"上次医药公司分红的钱,我有500万,你有300万;我自己想全部投进去,你拿一半出来跟进,剩下150万留给季萌吧。"殷衡当然同意。说是两人商量,也就是眼镜老徐把自己想法说给殷衡,不反对也就拍板定下来了,这么多年来,两兄弟一直这样。

香港迪士尼试营业时,眼镜老徐陪着袁彩云去了趟香港,在汇丰银行开好账户。通过中介公司一边选房产一边联系医院。等各种手续都办得差不多时,徐家小妹飞过来陪着嫂子。

袁彩云肚子已经很大了,去香港前到医院做B超是双胞胎,医生告诉眼镜老徐,性别目前还看不出来。这是业内行话,说看不出来,就是不确定到底是男是女。既然不确定,那基本上就是女孩子了。眼镜老徐有些无奈,心想是不是被秃头老吴说中了啊,求子不得呢。

一个月后,徐家小妹在普华医院打来电话,高兴地说:"二哥,两千金啊,恭喜恭喜。"徐母正在家带着孙女,听说后一脸高兴，对着儿子说："这是好事情呢，你还发啥愁，下次你爸坟前我去说。申城都喜欢小棉袄，我就觉得女儿好，你看咱小宝贝天天贴着我呢。"徐母说着去搂读小学三年级的孙女。

河湾的殷家宅，田野里稻穗沉甸甸地垂着头，快到开镰收割的季节了。殷六提着一篮子刚摘下来的大红橘子到季父家去。这红橘原是引进果树，河湾靠海的盐碱地特别适宜其生长，果子结满树枝，很喜庆，殷家宅人称之"满头红"。橘子皮呈橙红色，皮薄肉多，汁水酸甜可口，剥开橘子，水就溢出来。

殷六每到这个季节都会把橘子采来送人，上次给国药大师品尝后，老先生眉开眼笑地告诉他：这橘子味甘、性温，入肺、胃经，有开胃理气、止咳润肺的功效。让他每年都要拿些给他尝尝。

季母见到带着绿叶的红橘，高兴地拿了两只送进房间给季父尝鲜，还说这两天要去申城给女儿一家也送点。殷六忙着说："不用劳您大驾，我这两天会送过去的。"

寒露已到，早晚凉，季母给季父套好羊毛衫，两人一起出去散步。肺癌术后，季父坚持锻炼和适量运动，保养得不错。两人沿着北面的新桥一路绕着河湾走着，河水已经清多了，岸边的茭白丛枯枯黄黄间有些绿色，老柳树的根一直伸到水中，围着根须的一群红色浮虫在盯着啄。

不知不觉走到了殷家门口。季母朝着天井唤了一声，殷父殷母一起走出来迎接，四人在大堂里坐着喝茶。殷母拿出白天刚炒熟的吊瓜子给大家嗑，又装了一大瓶放在旁边准备给季母带回去。

季父喝了口茶问："咱河湾里藏着有灵性的碣石，是真的吗？"殷父哈哈大笑："这话是不是憋了一辈子啦，你家老辈没说起过吗？"季父答道："小时候隐隐约约也有些刮过耳边的，一直没听真实了。如今倒是一大把年纪了，也不知道今晚睡下去，明天还起得来哇，随便问问，随便问问。"

殷父犹豫一下，看了亲家惆怅的脸，便站起身来说："咱两家现在也是一家人了，有啥不好说的。走，我带你去看一件东西。"说完前面带路，季父季母后面跟着。

打开后厢房门，殷父让季家老夫妻跪在祖宗牌位前磕头。季父愣了一下，还是缓缓跪了下来。殷父说："老季啊，这头没磕错，这不光是我家的祖宗，也是你家的祖宗。"扶起季父，他们绕到牌位后面定睛一看，只见一行篆书——"刺令殷季东海郡监御史"。

殷季就是秦国驻守东海郡的监御史，也是殷家季家的共同祖先，这块牌位原是天上掉下来的陨石，后来经过捶打锻造做成的，后人一代代供奉着。当时正值秦末战乱，殷季为保全子孙们不致断了根，便让两个儿子成年后各自开衙建府，大儿子继承殷姓，小儿子改为季姓。同时嘱咐儿孙们，殷季不得通婚，是因为近亲的缘故。后人绵延下来至今有多少代，谁也搞不清楚了。

历史很简单，世人神话了。两对老夫妻释然一笑，再次跪下对着祖宗牌位磕了三个响头。

齐鲁当年被免职的镇长姓贾，在家赋闲一年后又被提任为县委副书记兼组织部部长。动迁组的杨姓老板也已悄悄回来，在县城开了洗浴城、海鲜酒楼和KTV。这两人经常私下在一起走动，有时候到周末了还分别赶赴省城，去约市发改委的杨副主任见面，落脚在索菲特大酒店。这些事情两人做得很隐蔽。

这三人的情况，大堂兄徐余春都掌握得一清二楚。齐鲁地产前一段时间在市里投资了一家信息科技公司，主营线上政府平台软件开发，聘请了一批刚毕业的年轻人来创业。不到一年，就入围市里智慧城市建设项目，被评为高科技企业，政府扶持政策也争取了不少。最近通过公开招标，拿到城市智慧公安的大项目，主要是搭建全市治安信息化平台建设。

现在市里、县里甚至镇上都有齐鲁地产的公司在运营。当然背后还有一张网已经悄悄地张开了，目标就是三条大鱼。鱼儿一动，网就自动报警跟踪。

一年后，收网了。一封厚厚的举报材料直接寄到了中纪委，其中涉及市发改委杨副主任涉嫌利益输送、收受大额贿赂；县委贾副书记买官卖官、行贿受贿、嫖娼和利益输送；商人杨老板行贿，涉嫌黑社会性质组织，组织卖淫，敲诈勒索等大量的事实材料。

　　省里的动作出奇的快，挂号信寄出去半个月，"三条鱼"全部收监。大堂兄徐余春坐在"神仙会"松了一口气，然后和眼镜老徐说："第一件事情算是办好了，下面着手要办第二件事了。"说完眼泪哗啦哗啦地流。

第三十八章

殷衡平时需要列席院领导班子会议。最近议题很多，其中一件事就是启动新医院建设规划设计工作，以及一期建设方案编制。负责人是副院长朱晓东，申城卫生设计院前期已经开始着手设计了。在市领导的亲自关心下，发改委也同意立项，一期建设经费预算是1.2亿元。

殷衡负责的医务处要研究制定好建设期间的过渡医疗方案。一期选址在"丰"字楼的最北面一排，正好是手术室和一些辅助科室。手术室又是医院的核心区域，过渡选址要考虑到三区分割、电力支持系统和应急电源，设备仪器要重新安装调试，还要考虑病人安全、便捷的运送路线等等。最后，医务处决定将干部病房上面四层全部调整出来。

过渡医疗方案一上会，立即引起医院领导班子激烈讨论。重点不是方案可不可行，而是能不能作通老干部的思想工作，他们同不同意配合。干部保健处听后一下子没了方向，沙萍书记点名的时候，处长说要请示市干部保健局。

事情已经到了节骨眼上。会后，沙萍书记特地将殷衡叫到办公室问："干部病房四个楼面能解决手术室的安置和过渡医疗问题吗？"得到肯定的回答后，沙书记准备亲自出面。

第二天，沙书记带着殷衡直接去干部保健局，找一把手汇报工作。进门见到领导后，第一句话就是："领导，我有事情搞不定了，您不出马我就要引咎辞职了。"边说边开始流泪。局长一下子措手不及，抽出餐巾纸递给沙书记说："慢慢说，哪有解决不了的事情啊？一起想办法、一起想办法。"

沙书记哽咽着把情况说了个大概。局长哈哈大笑："你是来激将的，也是来逼宫的吧。"说完用食指揿下桌边的红色按钮，一会儿办公室通知两位处长已到，五个人一起商量起来。

在干部保健局的全力支持下，老干部病房的调整方案也出来了。现有住院的老干部安排到周边大医院继续接受治疗，原有待遇不变；后续要就诊的就分流过去，再派干部保健局的干部上门去做解释工作。

原本让大家都头大的事情，出乎意料地顺利解决了。在回医院的车上，殷衡连翘大拇指："沙书记厉害。"

医院一期建设项目顺利竣工，地标性的病房大楼在高架旁边耸立起来。当手术室搬进设施先进、宽敞明亮的大楼后，殷衡的一颗心总算放下了。

放下一颗心的还有朱晓东,这一年多来天天泡在工地上,当然酒桌上也没少泡。起早贪黑、担惊受怕,总算工程没出大事情。他要去好好做个足疗放松一下。

"神仙会"房间里今天要接待一位重要的贵宾,一位从美国回来的年轻教授。殷衡电话里一听,想着景宫回来了,自己要不要告诉季萌,让她一起参加。思来想去的,车子很快到了小区地下车库。坐电梯到一楼直接就转到门口的鲁菜馆了,想着先进去打个招呼吧。

哪知道进门一看,是郭山,那个大二就去美国留学的郭山。

郭山在美国和景宫一直保持联系,这次回国前景宫告诉他,要想找殷衡必须联系徐哥,两人白天在一个医院上班,晚上下班住一个小区的。确实殷衡很忙,不一定能约到,约到了也聊不上几句话。眼镜老徐一手特意安排了两人的见面,他和郭山倒真的不熟。

郭山见到殷衡很热情地上前握手,两人十年多没见,变化真是很大。郭山显得年轻活泼,殷衡更为成熟稳重了,不过岁月在脸上的刻痕都是掩饰不了的。两人聊起大学寝室一起吃火锅一起游湖,聊起一起喝酒跳舞踢足球,也聊起了景宫。她不回来了,留在了哈佛实验室工作,还是单身。就是没有聊起童晓,两人都不敢聊。

当郭山端起酒杯,满是歉意说起"盗版书事件"是自己出卖的时候。眼镜老徐和殷衡笑了起来,一笑泯恩仇。

那天晚上,郭山很坦诚地谈论起他自己在国外十年的感受。"改革开放以后,国家坚持在出口、投资和消费方面拉动GDP,经济规模和总量迅速接近日本。可是我们还是要头脑清醒,中美之间是有差距的。在科技信息、生物医药、金融市场、自主创新、基础建设还有军事方面差距还很大,还要继续埋头追赶。"

殷衡同意郭山的观点,他认为:"埋头追赶光看GDP总量还是不够的,总量大并不能代表强,大起来只能算是条途径,但不一定是必经之路,有些方面可以选择弯道超车,譬如说信息科技、生物医药等方面,要赶超要领先,否则老是跟在别人后面追不行的。"

眼镜老徐认为:"还需要靠文化来凝聚国人,不能内部分化,更不能把传统的东西丢了。"

三个人越谈越有精神,越谈越有味道。

郭山留学后,已经放弃医学转读经济学。他导师曾经私下告诉自己的学生,"现代经济学理论是美国人发明的,金融工具和市场是美国人设计的,迟早也会被送到美国培养的人才来打败自己的国家;当然,美国人还会用民主、科技、战争和病毒来驱使他们上当。"

三人突然安静了下来，细细琢磨着这两句话，后脊骨一阵发凉，也许这一天不会到来，也许这一天已经来临。

最近眼镜老徐已经嗅到了股市熟悉的味道，正调整资金大举建仓。他天天花时间分析各种指数，认为趋势已经越来越明朗，牛市真的要来了。这次给自己设定的目标，翻两倍全部清仓，绝不恋战。在办公桌、汽车液晶屏、盥洗室镜子前都贴上便签，上面写着"贪婪是魔鬼"。

眼镜老徐总结，牛市发起的信号一定是来自老股民的绝望，牛市的终止信号也必定来自新股民的疯狂。那些整天在电台里唧唧歪歪的评论员不是不懂装懂，就是揣着明白装糊涂，他从来不看也不听。

这次的策略还是主攻一个股票，备选两个。老徐现在手上捏着十几个账号，有自己家人和殷衡夫妇的。一直持仓的股票最近底部开始放量了，他跟着主力天天吸筹，到接近九成仓位后，静等主力做底。见股价再次打压后，眼镜老徐把最后的筹码全部扑了进去。现在眼镜老徐不用再去交易所泡池子了，在手机上随时随地都可以看行情。

发疯的日子再次来临，太熟悉的场景，太熟悉的感觉。科室里、医院里已经没几个有心思上班的人了，除了殷衡。

门诊抢号的黄牛都不多见了，都跑到交易所门口去批发消息。大家以前见面问候"饭吃了吗"，现在是"有啥消息哇"。

5月25号那天,眼镜老徐把全部账户内所有股票清仓,一股不留。带着老娘和大女儿去香港休假了,那里还有三个女人在等着他。走前他发了条短信给殷衡:"兄弟,这辈子你就安安心心做白衣天使吧。"

第三十九章

儿童节到了,季萌单位下午放假。她打电话给陈阿姨,让她打车带女儿子祺到公园门口碰头,一起去划划船、坐坐旋转木马。

季萌先到公园门口等着,不远处停着辆挂着外牌的小面包车,又脏又破,侧门拉开着,发动机一直没熄火。

季萌远远看见陈阿姨下了出租车,关上车门正准备牵子祺手的时候,不知从哪里窜出来两个男人,一个男人迅速挤到子祺和陈阿姨中间,另一个男人一把抱起子祺往旁边开着车门的面包车跑。

陈阿姨慌乱中,死死地抓住了祺脖子上的长命锁项圈不放。季萌见状甩了高跟鞋光脚冲过来,嘴里大喊:"抢小囡啦、抢小囡啦!"夹在中间的男人去扳陈阿姨手指,抱孩子的男人后撤中扯了好几下,见抢不走孩子,大叫一声:"快闪。"扔掉小孩,窜进面包车厢,发动着的车子一溜烟开走了。

陈阿姨紧紧地抱着子祺痛哭。季萌扑过来，一把抱住两人也号啕大哭了起来。

一场惊心动魄的抢小囡案件，前后不到两分钟，团伙作案，手法老练、配合默契。那年申城走失了好几个小孩，都找不到了，飞走了。

如果有枪，季萌说，她会毫不犹豫地朝他们拼命射杀，直到打完子弹。以后的日子里，季萌经常会半夜惊醒，醒来后拼命找女儿。陈阿姨也一样。

殷衡第一次提前下班冲回家里，女儿已经睡着了。殷衡怜惜地看着她，抚摸着女儿脖子上的那圈已红肿发紫的压痕。忽见伤痕中还有一个字。季萌凑上前来两人一起辨认，居然是个反写的"祺"字，再看项圈中间规规整整地刻着一个"祺"字。陈阿姨见了也是稀奇不已，连叹天意。

孩子在公园门口公然被抢惊动公安，出动很多警力进行全市布控排摸，面包车是找到了，盗来的，已弃在郊区。这起团伙流动作案，社会危害极大，周边各省市一起联合行动，可迟迟没破案。

沙萍书记知道后，关在办公室大骂"杀千刀"，然后义愤填膺地写下了《关于从严入刑严厉打击拐卖儿童违法犯罪的提案》，征求了几十位人大代表联合署名。她从区人大代表开始到市人大代表，年年提交、年年呼吁。

在香港的袁彩云获知此事后，心惊肉跳，一夜噩梦。第二天一早就跑到九龙观塘巧明街的保险公司去，给自己的三个女儿和殷子祺各买了1000万保险。回家后，一个劲催促眼镜老徐赶紧订机票回去看看。殷子祺也是她的女儿，她不嫌女儿多。

眼镜老徐拿着大包小包匆匆赶回了申城，把徐母和大女儿一起留在了香港的家中。

殷衡开车去接的他，车上两个大男人聊起这事，也是汗毛直竖，不敢往下想。眼镜老徐问："最近有秃头老吴的消息吗？我想他了。这个师弟挺有趣。"

几天后，一辆挂着军牌的奥迪轿车停在了鲁菜馆门口，这回眼镜老徐、殷衡和周文三人一起在门口迎接。下车的是位戴着鸭舌帽，留着齐耳头发的男子，四人寒暄着走进"神仙会"。进屋后，那男子脱下了帽子露出油光光的秃头。几年不见，秃头老吴更精神活泛了，不经意间，他的双眼已溜过房间的每个角落和在座的每个人，可能这也是他的职业习惯吧。

落座后，眼镜老徐拿出上次只喝了几杯的茅台年份酒说道："吴兄，还是上次没喝完的，专门给你留着呢。"说完就慢慢地给各位倒上。秃头老吴连说："谢谢徐哥，谢谢老同学惦记，我还是老规矩，只喝一杯，再说几句话。"

那晚，秃头老吴没守住自己的规矩，他们三人没准备放过他，灌了整整一大瓶。"神仙会"的规矩原也不是他说能定就定的。秃头老吴平时说话金贵，可舌头一僵硬话匣子也打开了，说了一晚上的话，好多是听不懂的，搞不明白的，不过说的最多的是孔老夫子的那句"子不语怪力乱神，当敬而远之"。

秃头老吴一觉醒来拼命找自己的鸭舌帽和放着风水罗盘的包，找到后将包抱在怀中叹息着说："徐哥、老同学啊，你们是君子呐，一身正气，邪祟不侵。我下次一定还来找你们喝酒。"

刚从军医大学转业的介入医学专家凌教授在殷衡的软磨硬泡下，同意来医院筹建介入诊疗科。沙萍书记热情接待了他，还许诺了很多政策。殷衡虚心听取了凌教授的建议后，制定了科室建设方案，包括病房、床位、设备和人员等，临床新业务包括血管、神经、肿瘤的诊断和治疗，眼镜老徐也主动申请加入。

方案很快获批，院党委宣布成立介入诊疗科，凌教授担任科室主任、徐余庆担任副主任。

介入科完全按照凌教授的部队风格管理，严格、有序，医生护士都像手表里的零件一样，自如地运转起来。眼镜老徐有着十多年的放射科功底，再加上凌教授的亲自带教，业务精进，慕名前来的患者也越来越多。

殷衡已经有段时间没见到眼镜老徐了。

医院在传副院长朱晓东出事了。

殷衡在市里参加医务管理条线的短期脱产培训。回来那天，正巧见到医院纪委书记陪着检察院反贪局的同志去搜查"猪头"的房间。后来，朱副院长的办公室大门又加了一把大锁，贴上了封条。殷衡下班前接到电话通知，说是让他第二天上午八点去医院纪委办公室谈话。

下班回到家门口时，见周文在小区门口等他，地上一大堆香烟屁股。殷衡打开车窗，向他点了点头，周文一个转身进了鲁菜馆。眼镜老徐很晚才过来，脸色有点白，不过精神不错，吵着说要喝点，给大家都倒上了罗汉酒。周文很紧张，没等喝下去酒已经洒了一大半。

朱晓东进去的消息周文早就听说了，他们有交集的，上次医院采购五套腹腔镜设备后，他私下给过朱晓东三十几万现金。不过，今晚他在眼镜老徐和殷衡面前不想提这事。平时他们俩一直把自己当亲兄弟，一人做事一人当，绝不能连累他们。周文想清楚了，这事他得自己一个人扛下。

殷衡问周文："朱晓东和你有业务往来吗？"

周文说："没有，绝对没有，就和他吃过几顿饭，一起做过足疗。"

眼镜老徐一口喝掉杯中酒有点怅然，轻声地说了一句：

"我那同学一辈子好强争勇,没啥大的坏心思,要有也全放在脸上了。唉,君子爱财,取之有道,这是古训呐。"

殷衡想着和朱晓东的往事有点可惜,便叹了一口气说道:"也是个模子。"

第四十章

次日,殷衡准时进去纪委办公室,坐在靠门口的位置上。正对面坐了两位反贪局的同志,一人负责问话一人负责记录。殷衡和朱晓东一点私交都没有,除了工作上的交集,他也不分管设备、基建等部门工作,因此程序性地交谈了一下,十几分钟后就出来了。离开时,正好撞见阿敏在过道上,他低着头正等着进去谈话。

医院里后勤、基建等几个部门的人很紧张,平时和"猪头"经常在一起吃吃喝喝,多多少少也得过些实惠。骨科的几位医生也一脸愁容,临床进口的植入性钢板啊、髓内钉等也都是经"猪头"的关系进医院的。这些人天天焦急烦躁,小心翼翼地过着日子,战战兢兢地上着班,就怕突然有一天检察院来把自己带走。当然这些人中也包括了周文。

事情发酵了很长一段时间。听说在"猪头"的办公室和汽车后备厢内抄出300多万元的现金、储蓄卡和消费卡,很多信封都没打开过，有的钱还发霉了。

"猪头"住在医院分配的家属大院里，100多平方的三居室，装修一般，外面也没房产。这几天，老婆带着儿子住回娘家去了，这次没听说要自杀，医院也没人敢去探望，包括阿敏。

沙萍书记最近也很谨慎，班子会议照常开，会风明显简短高效，不再拖拖拉拉了。倒是纪委书记每个议题结束前，都要说上几句。

也有传阿敏进去了，当医院人人以为"猪头"的铁哥们阿敏真的也进去了的时候，阿敏又回来正常上班了。

几个月后，医院渐渐恢复平静，大家淡忘了。

周文神经质般地打听着各路消息，一直也没见有人来向他追查、核实此事。医院里的其他人也和周文一样。

2008年5月12日14时28分04秒，中国四川省阿坝藏族羌族自治州汶川县境内发生八级大地震，地震烈度达到11度，破坏地区超过10万平方公里，山河破碎，生灵涂炭。

远在2000多公里外东海边的申城也感受到了震感。

殷衡第一反应就是去病房大楼手术室，查看运行情况。一会儿他的手机叮叮响个不停，很多信息传来，四川发生了大地震。季萌电话也跟着打了进来，问他有没有感到地震了，她在商务楼宇的高区办公，大楼很明显地晃动了一下。殷衡马上告诉她："我也感觉到大地一晃，你先回家去陪着子祺吧。"说完就挂了电话。

殷衡又去病房大楼、门急诊转了一圈,最后来到介入科,透过防护玻璃看见眼镜老徐和凌教授正在台上进行肝癌介入治疗。铅板房间内,两人穿着厚厚的防护服,手里拿着长长的穿刺针,正聚精会神地盯着透视机屏幕,熟练地操作着,他们好像与世隔绝,外面的吵吵嚷嚷和他们无关。殷衡看了一会儿,忙去了。

晚上,电视新闻滚动播报着汶川大地震的现场,主持人哭了。

季萌正在和袁彩云轻声地通着电话,香港凤凰台已经在现场直播了,袁彩云也是看着新闻很担心申城的亲人们,她劝季萌带着女儿过去。殷衡抱着女儿陪她聊着天,说着话。

陈阿姨自从上次抢孩子事件发生后,过一会儿就要来看看子祺,子祺的命比她的还金贵呢。

晚上八点,沙萍书记来电通知殷衡立即赶到医院,召开紧急会议。殷衡把女儿放在地毯上,拿起外套和车钥匙就往外走,嘴里喊着:"季萌,医院紧急会议,我去去就回哦。"

这次冲出家门,到他回来,整整过了一个月。

医院大会议室已经来了不少领导,大家神情严肃。

晚上八点,会议准时开始。沙萍书记直接宣读了国家卫生部令,申城市卫生局将组建十支医疗队赴川抗震救灾。医院接到的指令是：立即组建38人医疗队，5月14日早上6点赶到机场统一集结。同时，队伍自行携带好医疗物资和生活保障物资。

离统一集结规定的时间只剩下30个小时。

援川医疗队领队1名，普外科、骨科、胸外科、脑外科、急诊科、心内科、呼吸科医生各2名，SICU医生3名，各科抽调专科护士20名。商讨领队名单时，殷衡第一个主动举手请战。沙萍书记低头看了眼前笔记本上自己写的名字也是"殷衡"。征求其他各位班子成员意见后，全部同意了。

沙萍书记宣布医院立即成立三个工作组，宣传动员组由她挂帅，队员选拔组殷衡负责，物资保障组阿敏负责。九点会议结束，各组分别行动。

殷衡开会时在笔记本上给选拔队员列了五条意见：自愿申请、家庭支持、党员优先、身体健康、技术过硬。会后和沙萍书记汇报同意后，立即让医务处两位副处长去落实。

阿敏拿到物资清单后顿时傻眼了，医疗物资、生活保障物资要上千种，连夜把后勤处的人全部从家里、床上叫了过来。

医疗物资好办，医院里有现成可以马上清点装箱，没有的就通知供应商第二天送到。生活保障物资里需要三十八顶帐篷和煤矿头灯，这个到哪里去搞啊？阿敏手心脚底都要冒汗了，赶忙叫上两人开车往体育用品商店跑，出门时被人一把拉住说:"大半夜的,人家关门了。""我去敲门,敲不开就砸。"阿敏真的急了。

砸门是不需要的,连敲门都不用。连跑三家迪卡侬,人家服务员很礼貌地告诉他:"你们医院已经是第三批了,帐篷早没了,煤矿头灯我们不进货的,要不看看吊床和便携式椅子吧,再不买,估计后面医院的人也会抢光的。"阿敏连话都来不及接,赶着找下一家去了。

第四十一章

队员名单在第二天上午十点全部报了上来,离出发还剩20个小时。好几个科主任提出要增加名额,说请战的医护人员太多,实在摆不平。

殷衡仔仔细细看来一遍,沈坤也赫然在内。他觉得没问题了,就连奔带跑去党办。沙书记看后也觉得没问题,通知党办:"可以启动后面程序了。"

下午二点,院领导班子召集出征队员召开誓师大会,唱国歌、授院旗、签军令状。最后,沙书记命令殷衡:"队伍怎么带出去的,你就给我怎么带回来,一个都不能少。"殷衡响亮地回答:"是!"

当晚六点,大巴士将队员们送到机场附近的宾馆住宿。

殷衡告诉队员们:"我们已经是出征的白衣战士了,一切行动听指挥,心里只有国家,没有小家。"不过他还是悄悄地给季萌发了条短信:"宝贝,我带队去四川抗震救灾了,家里的事情拜托你啦。"

其实，医院党委下午已经派出好几组干部去队员家里走访慰问。此时，沙萍书记正带着党办主任坐在殷衡家的客厅里，季萌陪着说话，陈阿姨忙着端茶倒水。

沙书记说："咱殷衡主动报名，带队出征，是医院的骄傲，家里有困难你直接和我说，我们虽然不在前方，但一定要让后方安定，让他们放心。"季萌很礼貌也很镇定地说："谢谢沙书记，殷衡他活着就是为了这份事业，治病救人是他使命，我爱他支持他，嫁给他也就嫁给了他的事业。"

以后的每天，季萌都会抱着女儿盯着电视新闻看，希望看到自己丈夫的身影，也希望子祺能在电视里见到爸爸。

飞机降落到双流机场那一刻，医疗队也就正式踏入战场。

这次罕见的大地震由印度洋板块向亚欧板块俯冲，造成青藏高原快速隆升导致的。高原物质向东缓慢流动，在高原东缘沿龙门山构造带向东挤压，遇到四川盆地之下刚性地块的顽强阻挡，造成构造应力能量长期积累，最终在龙门山北川—映秀地区突然释放。以四川省汶川县映秀镇和北川县县城两个震源为中心呈长条状分布，深度10 km—20 km，离地表近，持续时间较长，破坏性巨大，影响强烈。后据官方统计，四川汶川大地震遇难69227人，受伤374643人，失踪17923人，解救转移1486407人。

大灾大难面前，人民子弟兵永远是冲在最前面的。总参指挥部明确指示：掌握灾情、打通通道、全力救灾。

军令如山，军区向灾区各个方向派出大批救援人员。一支支铁军拼着命往重灾区突进，逢山开路、遇水搭桥，在频发的余震和滑坡的山体间奋勇前进。他们其实多是些二十岁左右的毛头小伙子，只是肩上扛着国徽、心中怀着使命。当直升机雷剑基地邱大队长驾机坠亡，营救官兵抱着尸体哭声震天撼地时；当满载军人的卡车在救灾路上被山体砸中掩埋时；当满身泥水的战士拿着咬了半口面包倚席而睡时，我们不能忘记他们，和平年代的青山间，也埋着忠骨。

官方统计中没有军人的伤亡数字，也见不到他们的名字，可人民不会忘记，他们是民族的血肉长城。

重灾区绵阳山体大面积滑坡，北川、平武两县被埋，死伤数万，近百人失踪。建筑物损毁，道路、通讯中断，损失惨重。

医疗队按照指令驻扎在离绵阳市外十公里的安全地带，一大块水泥大操场，尸体正被一具具地搬走。附近有部队的一个保障营地。

当地志愿者组织了两辆大卡车，把他们送了过来，还帮忙把几吨重的物资卸好。部队留守战士赶忙过来握住殷衡的手："您们来啦。"第一支地方医疗队来了，是一线中的二线，部队官兵负责把解救出来的伤病员交给他们救治。

医疗队在殷衡的指挥下，迅速在清完尸体的大操场上搭起三个大帐篷，一个用作接诊分诊、一个用作手术和清创，另一个是临时病房。从下飞机到接诊第一个伤员，他们还没顾得上喝口水。

战士们满身泥土，手上、脸上挂满伤痕，冲锋一样地把伤员一个个抬过来，放下担架又风一样冲了出去。第一个送来的伤员是胸腹挤压伤休克状态，现场没法救；第二个也是胸腹挤压伤休克状态；第三个还是胸腹挤压伤休克状态；外面一会儿又多了十几个多发性骨折的休克病人。接诊护士一下子蹲在地上急得号啕大哭。

战士们用双手挖出来的病人送到医疗队员手上，救不了，还眼睁睁地看着他们死去，这是绝望，是悲凉。"我们算什么白衣天使啊？"另外几个医生护士也蹲在地上哭。

殷衡在来的路上已经估计到了会遇到很多困难，可到了现场才知道，这不是困难而是无奈。这么多的联合伤休克病人，光靠望闻问切，光靠简单的医疗器械是救不了的，必须要调整策略拿定主意，否则队伍士气会低落的。

他和沈坤商量，重危伤员不能下担架，维持生命紧急送往成都大医院；多发骨折伤员现场包扎固定，防止二次伤害，也要坚决送往大医院；轻伤病人现场处置。大家听了以后觉得可行。

部队同志说，成绵高速这两天已经贯通了，到成都120公里估计需要九十分钟。他立即上报指挥部，开通生命绿色通道。

殷衡联系前方指挥部后，提出了联合救治的建议，方案立即采纳。指挥部紧急征集调派救护车，接送重危伤员送往省人民医院。

申城市卫生局得知后，当天下午紧急组队派出第二批130人的专家医疗队伍支援四川省人民医院。同时，市医疗急救中心36辆全新救护车整装出发，一刻不停地奔赴四川盆地。申城救护车最快也要30小时才能抵达，远水解不了近渴。

地方干部赶紧组织人手，挥舞着红十字旗帜去马路上拦车。三个胸腹挤压伤的休克伤员在医疗队员护送下送走了；十几个多发骨折的休克病人也在医疗队员的护送下送走了。

第四十二章

川中平原高温潮湿,地表温度高达四五十度。帐篷内的温度更高,队员们汗流浃背,流水作业般地处理着伤员。

殷衡忽然想起队员晚上住哪里,吃什么、喝什么?马上去翻看带来的物资。吃的东西倒是挺齐全的,熟泡面、午餐肉罐头、饼干……"怎么没有住的帐篷呢,清单上明明有的呀?"他翻看了好几遍,就是没找到。殷衡连忙拨通阿敏电话,阿敏在电话里也是一副哭腔说:"帐篷已经催着工厂生产了,今天晚上就可以安排托运。""托运,你往哪里托运啊?我都不知道自己在哪里。没帐篷队员晚上怎么睡觉?"殷衡气得差点把手机给摔了。

地方干部送来几箱矿泉水,很抱歉地说:"现在物资管控,和部队战士一样每人每天一瓶。"队员们啃着饼干就着矿泉水充饥,刚灌进一大口,忽觉不对,喝完就没了,要节约着喝,又慢慢吐了回去。护士长眼尖,找来油墨笔在每瓶矿泉水上写上队员名字。

晚上，医疗队抽空开了个会，讨论工作安排。队员分成两组，一组由沈坤负责护送危重伤员去省人民医院；另一组由殷衡负责组织现场救治，三班制。

接下来就是讨论怎么待下去，留守下来。几位女同志提出的问题很具体：上厕所怎么办，洗澡怎么办，吃饭怎么办，没帐篷睡觉怎么办。这里是荒郊野岭，这些事情医疗队只能自己解决，护士长站起来说道："活人还能让尿憋死啊，想办法呀。"大家笑了起来。

澡是肯定没法洗的，能坚持多久没人知道，也不敢想。今晚睡觉只能露天了，想着要在刚搬走尸体的水泥地上躺下来是需要勇气的，可是疲劳到站着也能睡着的地步，躺下也是一种享受，躺哪儿都一样。

厕所的事情最好解决，女生跑远点，两人一组相互站岗放哨；男生随便，注意文明就行，也没城管。

解决吃饭问题是最头痛的事情，没有加热设备，只能矿泉水加干粮，矿泉水限量供应每人每天一瓶肯定是不够的。看着阿敏准备的薯片、牛肉干、瓜子，只好干瞪眼，实在太干了，吞不下。

当晚，大家口干舌燥地和衣躺在了地上。天空灰蒙蒙的不透光，还有点泛红。队员们从四周围捡来几块砖当枕头，垫了砖睡起来的滋味好幸福。一会儿几个男医生就响起了呼噜,后来那几块砖一直轮流着用。女同志还想着聊聊天、小资一下,哼哈了两三句话也都睡死过去了,她们也打呼噜。

殷衡在想,下次出来一定要带几个氧气袋当枕头,还有锅子、火柴等,忘带的东西真的很多,包括女同志的卫生巾。20个护士居然齐刷刷地没有一个带的。煎熬她们的日子真的来了,月经来了只好用卫生纸垫着,几天下来内裤都可以直直地站起来。

几天后,队员们每个人身上都长了红疹块,和赤豆一样大小,浑身发痒,一空下来大家就去抓痒痒,还相互抓。殷衡想,这次怎么忘了带个皮肤科医生呢。

半夜又送来好几个伤员,队员们轮流上岗处理。可是晚上志愿者的车子少了。殷衡好希望申城的蓝色救护车快点到来。

救护车是肯定到不了了。在途经广元青川县时,女市长亲自跪在马路上,恳求车队不要走,这里灾情也很严重,伤员也需要急救。救护车队长紧急请示前方指挥部,指挥部再请示国家卫生部指挥部。最后不得不同意全部留下来,就地参与抢救。不同意也不可能啊,除非从女市长身上轧过去。

这支救护车队和随车医护人员一直坚持到了抗震救灾结束,救护车也留给了广元市。

殷衡天天盼、天天催,一天催好几回。直到第三天,三辆红色的京牌救护车来了,三名驾驶员也整合入医疗队。救护车队的到来彻底改变了医疗队的救治效率。

申城派到省院的领队天天和殷衡保持着电话联系。当部队官兵把伤员送到，医疗队立即初诊。危重伤员由医护小组陪护到省医院。医院接到伤员信息后，一小时内调配好专家和病房等着接收。生命的接力棒由此展开，一棒传一棒。

救护车也给医疗队带回来柴油发电机、帐篷、锅碗瓢盆、矿泉水和睡袋，当然还有女士专用品。能敞开喝水的日子，也是很幸福的。

5月18日凌晨，一次里氏7.8级的强余震和数百次小余震再次让北川遭受重大伤亡。医疗队驻扎的地面已经撕开了好几条大口子，营地不得不左右移动几百米。医疗队24小时连轴转，好几个队员生病了，发着高烧但没倒下。

5月19日14时28分，大地震"头七"，全体医疗队员整队为汶川地震默哀鸣笛3分钟，三辆救护车的喇叭警笛声尖锐刺耳，像是在怒斥老天爷。

5月22日以后，伤员明显减少了，医疗队再次恢复三班制。此后，成都平原天天暴雨如注，电闪雷鸣，帐篷、衣物全部被淹了，队员们只好把衣服拧干了、吹干了再穿。男医生终于可以在暴雨下洗个澡了，能洗澡也很幸福。每个人都想着回家后要好好地在浴缸里泡着，打死都不出来。

地震撼山移河。

6月1日起,悬在医疗队头上的唐家山堰塞湖水位不断升高,开凿泄流槽的工程始终没有完成。专家测算,6月10日将达到了最高水位和最大库容,一旦崩塌将引发下游出现洪灾,整个成都平原将成为沼泽。

伤病员已经全部转移了,当地居民也已经安置完毕。医疗队每位队员身上都随身挂着撤离路线和身份标牌。可是撤离的指令始终没有接到。没有指令,就要坚守。

对未知的恐惧感时时袭扰着队员。这几天,队员们给家人报平安的电话变成了字数简练的短信,不是不想听家人的声音,是听到声音就会哭。相互间交流也少了,除了默不作声,唯一能做的就是原地等待。

6月10日13时,撤退的时机已经越来越渺茫,指令来与不来已经不重要了,能等待的只剩下那一丝运气。

殷衡压过雨声大声说道:"同志们,我给大家煮长寿面吧,一起吃个团圆饭。""切,方便面就方便面,还叫啥长寿面。"护士长说着也起身帮忙。大家收回发愣的眼光,看着他俩把所有的方便面都拆了扔进锅里,倒上矿泉水。电磁炉呼呼地把面条煮熟、煮烂,分盛好给大家。正围着吃的时候,外面三辆救护车送完当地居民回来,也争着要吃。

殷衡问:"你们不是已经去安置点了吗?"驾驶员回答道:"送完最后一批居民就回来了。你们不撤,我们也不能撤啊。"另一个驾驶员插话道:"要死一起死,怕个球啊!"

殷衡热泪盈眶也狠狠地说道:"要死一起死,怕个球啊!"那天,所有的队员都说了这句话,包括女同志,而且不止一遍地说,说着说着就流着泪笑了起来。

17时,唐家山堰塞湖泄流槽水位降至721米,危险解除。

6月14日,殷衡接到指令,带领医疗队回天使宾馆休整,第二天撤回申城。

第四十三章

沙萍书记带着院领导班子到机场迎接,并宣布医疗队就地解散,队员回家休息一周。

回家进门时,季萌看见黑黑瘦瘦的爱人又惊又喜,抱着喜极而泣。三岁女儿见到爸爸,含在嘴里的一口饭硬生生呛了出来,哭着要抱抱。父女俩抱在一起,子祺的小手不停地给爸爸擦眼泪,爸爸也在给子祺擦眼泪。

殷衡回家后啥都没说,就是陪着老婆女儿吃吃喝喝。两天后开着车一个人回到了河湾里,他想念河湾,想念这里的一草一木,想念这里的邻里亲戚。这里的风景真好,河水濯濯,微波粼粼,温润的空气带着芬芳直扑鼻息。回家后,第一件事情先给祖宗牌位上香磕头。

晚上,季父季母也一起过来吃饭。季父问了四川灾情后,很是感慨地说:"我们这个民族真是苦难深重,好不容易发展起来了,又遇到这么大的地震。"殷父接口道:"老百姓想要过上安定的日子,老天爷就会作弄人。"

殷母端了一大碗籽虾上桌,让殷衡多吃点,又说:"明天回去时也给季萌和子祺带些。"

眼镜老徐在"神仙会"给殷衡接风洗尘,大堂兄徐余春、周文、沈坤和护士长也都参加了。三人回来后还没通过电话,曾经朝夕相处共患难了一个月,突然分开已是不习惯,今天一见更是格外开心。

大堂兄徐余春问道:"那里天天余震,你们怕不怕啊?"三人一下子安静了下来,面面相觑。

"怕!机场下来,坐在卡车上就开始害怕了。公路都像麻花一样扭过,两旁的房屋支零破落,小汽车都翻到屋顶上去了。路上还见到房间一样大的石头压着汽车,尸体的手臂还露在外面。到了驻扎地满地尸体,缺胳膊少腿的,开膛破肚的,还有整个身子压扁的,一群女孩子都吓哭了。不过,等我们换上护士服、戴上口罩帽子的时候,就都忘了。这两天回家后,倒是做噩梦了,半夜惊醒踢被子,爱人问我咋回事,我都不敢告诉他。"护士长声音清脆地说着。大堂兄连说:"阿弥陀佛,阿弥陀佛。"

沈坤接着护士长的话说:"男医生也害怕的,只是没好意思说出来。我们小组负责送危重病人去省人民医院,去的时候只顾了维持伤员生命,其他啥都不管不顾。可有两次回来时，我坐到了副驾座位上，天下暴雨，那雨真大，从来没见到过的，雨滴是砸在救护车上，只听见噼里啪啦的声音，耳朵都要聋了。一束束闪电从天而降，像几十条带光的绳子，围着救护车走。驾驶员和我都吓得半死，缩在座位上不敢碰车门。后来驾驶员找到电笔去碰车子内门，电珠泡是红的。哎，关在车厢里一动不动的滋味真不好受。"沈坤说完低下头，然后端起酒杯猛喝下去。此后，每次他见到闪电都会很紧张。

在成都平原的每一天、每一刻，殷衡都很紧张、很害怕，甚至是恐惧。担心队员若有闪失没法向家属们交代，担心没完成指令对不起领导的嘱托。尤其是在唐家山堰塞湖悬而未决、队伍似撤不撤的时候，自己的恐惧达到了极点。

人类恐惧的根源是对未来的害怕，对未知性的害怕；因为不知道未来会如何，甚至因为预见到未来必然的悲惨走向而害怕。

殷衡说："只有不在意未来的人才不会害怕。我们都上有老、下有小，还有一份稳定的事业，我们每个人都有恐惧，都会害怕。不过，话又要说回来，害怕也不是什么坏事情，至少我们可以提前防范，提前准备。"

眼镜老徐点点头说："是呀，只有我们提前做足准备，想好出路，尽人事、知天命，真到了那一天要死一起死，怕个球啊！"

在座的人听了这句话，一下子结束了严肃的话题，哈哈笑了起来。殷衡第一次喝了很多酒，思考了很多事情。

送走其他人后，眼镜老徐捏了捏殷衡厚实的肩膀问："那块龙纹佩你一直带着吗？"殷衡掏出一直挂在腰间的玉佩说："徐哥，我天天带着呢。"

晚上，殷衡睡不着。女儿子祺在小房间自己床上睡得很香，怀里抱着绒毛兔，夜光灯柔和地洒满房间，他坐在床边看了很久。季萌醒来，见殷衡在女儿房间，轻轻地坐下来，两手从后面紧紧地环抱着自己的爱人。那一刻，岁月静好。

上班后，殷衡专门向沙书记汇报了这次抗震救灾的经验教训，也提议在医院内建立应急响应常态化机制。沙书记一听，非常赞同，让他牵头负责，先拿个方案出来。

三个月后，市里应急办召开座谈会，邀请殷衡参加。殷衡发言的主题是"冷静反思，抓住每一次危机学习成长"。

大地震体现出我们国家制度的优越性，一方有难、八方支援。部队听党指挥，第一时间冲进去，架起铁桥，打开通往映秀的通道，重型救灾装备开进去，重灾区得救。国家发动救灾动员令，政府、医院、企业、民间，地不分东西南北、人不分男女老幼迅速汇集起来，有钱出钱有力出力。这是中国共产党领导下举国体制的强大优势，能集中力量办大事、抗大灾。

四川人民深厚的家国情怀也让他很感动。他们掩埋完亲人,将悲痛深藏在心里,走向岗位,继续工作。医疗队身边的地方同志们,家里伤亡了很多人,他们没有说出来,天天和我们在一起奔波救灾。这也是我们华夏儿女的高贵品质。

大地震同时暴露出很多问题。面对如此大的灾难,国家需要强大统一的指挥调度、组织协调和应急保障能力。当通讯、电力、交通瞬间瘫痪后,多久能恢复、怎么恢复,这考量的是一个国家的综合实力。立法保障、需要物资储备、需要常态演练更是不能忽视。申城作为超级大城市,也会遇到各种各样的突发灾难,上次是SARS、这次是地震,如果下次遇到战争呢?

这些想法和观点,也正是市应急办考虑下一步要做的事情。

半年后,市里召开抗震救灾表彰大会,市委书记亲自接见了医疗队。会场里,殷衡终于见到了派驻四川省人民医院的领队,通了无数电话的两个人第一次见面,动情地握着手,他们曾经一起拯救了很多生命垂危的伤员。

第四十四章

北京奥运会召开之际,医院党委宣布,殷衡提任为副院长,分管医疗、医保等工作。

年底前,朱晓东二审结束,因受贿罪、巨额财产来源不明罪等被判了二十年,收监在长阳路监狱里。殷衡和眼镜老徐商量了一下,决定去看看他。

申请探监同意后,殷衡跨过三道严严实实的大铁门,在会见室见到了朱晓东。朱晓东胖了、白净了。见到殷衡,有点意外,面露感激。几次开口说话都要先看看站在旁边的狱警。

殷衡说:"这里需要些啥,下次我带给你。"朱晓东犹豫了一会儿,忽然哭了起来,哭得非常伤心,哭得像个孩子。他断断续续地说:"兄弟,谢谢你来看我,我真的没想到,没想到。"朱晓东受贿上千万,自己一分钱都没花,他平时也没时间花。他真的很忙,忙着应酬,忙着结交朋友,忙着医院建设。只是他不应该拿,不应该拿不属于自己的东西。

他说:"殷衡,我现在真的很羡慕你,你有一个好大哥,一个好妻子,有个好的岗位。你心里只想好好做医生,做个让人尊敬的好大夫。现在我也想,特别想,其实我一直要想着做一个好医生的。"殷衡很动容。

临走时,朱晓东轻声问道:"殷衡,你能不能给我寄一套《外科学》和一个医药箱,我想在监狱里好好赎罪。"

后来,穿着囚衣的朱晓东在监狱里给好多人治病。

周文战战兢兢的日子直到朱晓东被宣判了才算到头。他送钱给朱晓东的事情,最后没人问起,也没人追查。

早晨起床后,他走到大阳台上,眺望着眼前那条申城的母亲河,伸了个懒腰,长长地舒了一口气,自言自语说道:"'猪头'还真他妈的讲义气。"

从眼镜老徐手里买的房子,他已经租出去了。去年选在苏州河边上买了这套400多平方的顶层复式商品房,还送了100多平方的前后阳台。自己又花了五六百万装修,全欧式风格,舒适敞亮。妻子辞职在家照顾读高二的女儿,还请了个保姆搭搭手。老母亲说是躺在席梦思床垫上睡不着觉,回老家去了。

那天,周文接到一个陌生手机号码的来电,响了几次,他没接；第二天又来电了，响了几次，他还是没接；第三天，他正在开会讨论进口吻合器代理的事情，手机"嗡"震动了一下，会后一看还是这个号码，不过是短信，上面写着："周医生好，我是晓东的爱人，方便联系吗？婷婷。"周文见后，马上回到自己办公室掩上门，回拨了过去。两人约在咖啡店见面。

朱晓东的老婆唐婷婷，在一家杂志社工作。当年，"猪头"可是花了好多心思才把她追到手的。两人结婚后有个儿子，刚上初中，一直由唐婷婷的父母带着。

周文早早赶到咖啡馆，在角落里找了个位置坐下，朝着门口看着，心里没底，不知道唐婷婷突然联系自己有什么事情。他和唐婷婷没啥交往，最深的印象就是这个女人真的漂亮，记得宴请的时候遇到过几次，说话很直，当着朋友面也叫朱晓东"猪头"。

一会儿，咖啡馆门口进来一位高个子戴着墨镜的女人，径直走到周文的桌前，摘下墨镜坐下来开口说："周医生好，我是唐婷婷，我们见过面的。"说完对着服务员一扬手说："来杯馥芮白，中杯，不加糖。"

周文寒暄道："您好，朱太太，好久不见。"

唐婷婷呵呵一笑："什么朱太太，我和'猪头'两年前就已经协议离婚了。"朱晓东和唐婷婷确实已经离婚了，儿子判给了她。她一直没搬出去住，是想等医院分配的房子买断后再卖了,她想分卖房钱。后来,房子是买断了,可还没来得及卖掉,朱晓东就进去了。家属大院的叔伯阿姨看她的眼神已经不一样了,她进进出出自己也觉得难受,只好带着儿子回了娘家,房子一直空关着。

周文一听小心地问:"你找我有什么事情吗?"

唐婷婷笑着说:"也没啥事,随便聊聊。"然后抿了一口咖啡,凑上前来说:"那天晚上'猪头'喝饱老酒提了个黑色马甲袋回家,是你给的吧。"周文后背一阵发凉紧张地瞄了周围一圈。

"别紧张,我帮你保管着呢,不过要保管费的哦。"唐婷婷说完优雅地站起身来,笑了笑就告辞了。走的时候留了句话:"我的电话你要及时接的哦。"

周文一个人呆呆地坐着,心想:"这女人真漂亮。"

中国足坛掀起打假扫黑风暴,老百姓都在冷眼旁观。已经一烂到底的中国足球,也不怕烂穿。会不会真的扫黑大家不清楚,要来真的就等着看好戏,走走过场的话就等着看"日环食"自然奇观了。反正看足球这档子事还是戒了的好,否则要忍不住骂娘。没想到的是,国家男足居然雄起了一把,在东亚四强赛中以3:0大胜韩国队,结束了在国际A级赛事中32年不胜韩国队的历史。这回轮到韩国人骂娘了,倒是那个博彩公司偷偷地躲在后面笑。

后来打假扫黑还是来真的了，而且不光是在足球圈，老百姓们都睁大眼睛在看。

现任齐鲁镇党委书记林斌，也算是徐家的远亲。多次打电话找建筑设计公司的徐余秋，想要约齐鲁地产的徐董事长见面。

齐鲁地产已经市值200多亿了，一直想着要上市。大堂兄徐余春找了眼镜老徐几次，眼镜老徐说自己没股份了，让去征求徐余秋的意见。余秋当然不表态，他只是股权持有人，最后的主意还是要自己的亲弟弟拿。大堂兄徐余春就硬拽着两个堂兄弟，在"神仙会"商量。眼镜老徐没办法了，想着让殷衡也一起参加。

第四十五章

周六下午,季萌要带着女儿去学画画,报的是水墨画班,陈阿姨也要陪着去。陈阿姨两个孩子都已成人了,男孩当兵去了,女孩在一家高星级宾馆做前台,家离殷衡住的小区不远,天天过来,有时候殷衡值班、出差不在家的话,她就住下了,宛如殷衡一家人的亲人。

殷衡难得一个人在家里,书房好久没整理了,准备趁空收拾一下,将《外科手术学》等专业书放到书架上,把一些杂志、报纸分门别类放好了。在书橱的抽屉里,他看到了那本红色绣面的日记本,拿在手上好一会儿,最后没打开。

一会儿眼镜老徐打来电话,要让他下楼去喝茶。他想是有几天没见,换了鞋子就过去了。房间里徐家三兄弟都在。徐余秋平时不大过来的,一直守着建筑设计公司,见到殷衡高兴地上前握手。

眼镜老徐今天挑了把铁壶放在炭火炉子上烧水,又选了一饼熟普洱茶冲泡,大家边喝茶边嗑着瓜子花生。

大堂兄徐余春先开口说:"几位兄弟,我今天还是想和大家商量一下咱们齐鲁地产上市的事情。"眼镜老徐知道自己的亲哥徐余秋肯定是不会表态的,还得要自己来拍板,可这事情自己还没想好,上次听了郭山的观点后,他有些犹豫,很想听听殷衡的意见,就正眼看着他。

殷衡一猜就知道了大概。齐鲁地产上市的事情几兄弟意见分歧,自己比较中立。他想想说道:"几位大哥,我先谈谈想法吧,上市的目的无非这么几个方面,一是融资扩大经营规模,二是溢价交易,三是用现代企业制度来规范管理。现在家族制企业很多,做得不错的几家我们也知道,有上市也有不上市的,关键要先想好上市的目的是什么,筹钱、卖股票还是提升管理。"

大堂兄很专注地听着,见大家都睁大眼睛看着自己,就说道:"殷衡,噢,殷院长说得不错,先搞清楚目的。我是想着看到大家都上市了,自家公司也能上市做大规模,通过股市来融资,这样拿地也方便些,至于卖股票和管理倒是真的没考虑过。"

眼镜老徐见状说道:"余春哥,我也是顾虑着这个问题,所以没敢表态。我一直在股市里打转转,当前这个股市不理性、不健康,什么政策市、题材股、热点股,专门有人在造势、有人在造假,还有人在抬轿子,炒一把跑路。一些好的企业静不下心来做实业，也跟着资本内呼外应，炒高股价减持。这样下去，企业要垮、股市要玩完，迟早会出事情的。我还是觉得先求稳。"

殷衡说："徐哥说得是，这个股市熊长牛短，前两年股灾好多老股民都亏得血本无归，跳楼的也有。还说什么姚明进去、潘长江出来，巴菲特进去、扒层皮出来，奔驰进去、三轮车出来的呢。"大家听着笑了起来，大堂兄也跟着哈哈大笑。

眼镜老徐说："咱齐鲁地产实力虽不及其他上市的地产公司，可也是一步一个脚印走过来的。我建议分两步走，先聘请专业审计公司来指导，按照上市公司的要求规范经营提升管理；再考虑引进战略合作伙伴，评估后转让一部分股权出去，把本钱和收益先拿点回来，这样大家也都放心。余春哥，咱两人意见不矛盾，就是走一步看一看，稳当点，你看怎么样？"

大堂兄徐余春听后，同意眼镜老徐的意见。四人继续喝茶聊天。余秋忙跟余春说："余春哥，林斌书记一直想要约你见面呢，你看啥时候抽空回去一趟啊？"

徐余春哈哈笑了起来："我本来也准备要找他的，他倒是先找起我来了。嗯，这次回去就约。"然后转头告诉眼镜老徐说："这个林斌书记说起来还和咱们徐庄有点沾亲带故呢。"

青海玉树发生地震。四川省第一时间响应并派出救援队伍赶赴灾区,殷衡得知后立即赶到医院待命。请示沙书记后,准备借此机会在医院做一次紧急突发事件的演练。

沙书记爽快地同意了,不过她补充说:"殷衡啊,要来就来真的,你必须按照方案来响应,不可以作弊。这次我做裁判,好好检验你的队伍。"

医院里除了沙萍书记和殷衡,没有人知道这是演练。

应急响应在晚上六点开始了,指令一道道发出。

60分钟,第一梯队38人的医疗队到位,医疗和生活保障物资同时到位。

90分钟,第二梯队131人的医疗队到位,医疗和生活保障物资同时到位。

政工干部同步启动宣传、动员、慰问等工作,后勤增加的通讯、车辆保障也同步启动。

医院确实在晚上八点接到了市局的响应和待命指令。沙萍书记很自豪地汇报:"我们医院医疗队伍已经全部集结到位,随时出征。"

这不是作弊,当听到玉树地震的新闻后,医院里很多医生都自觉地待在了家里,随时等候指令,有几个还赶去了医院。

那天晚上,申城有十几家医院也都集结好了队伍,随时待命。甚至有家医院集结队伍，擅自开拔奔赴青海救灾。事后该院领导被市卫生局狠狠地批评教育了。

这是一群多么让人尊敬的白衣战士，他们时刻准备奔赴"战场"去治病救人。

徐家兄弟两人连夜回到了齐鲁镇。

第二天上午，大堂兄徐余春正式拜访镇党委书记林斌。

林斌书记希望当地的企业家能够为家乡作贡献，徐余春董事长当场答应捐给齐鲁学校2000万元作为建设费用。不过希望镇里能支持，联合开发徐庄，把那里建成民族民俗文化教育基地。

徐庄原本就是农村建设用地，不需要调整规划。镇里与齐鲁地产合作开发共同经营，建设资金和经营管理全部由齐鲁地产负责。联合开发的合作方案很快得到了市里批准。

徐庄已经是一片废墟了，杂草丛生，断砖残瓦遍地。一辆黑色轿车停在了路口，从车上下来一个人，手里捧了一坛米酒和一碟子粗碗，来到村中间的晒谷场。他将三个碗认认真真地摆成一排，倒上米酒，然后把剩下的米酒和酒坛举过头后狠狠地砸了下去。徐庄的大堂兄徐余春大吼一声："爹，叔叔伯伯们，不孝子今天回来看您们啦。"随后跪下磕头。

第四十六章

晚上，周文接到唐婷婷的电话问他有没有空，周文哪敢说没空啊，答应约在真爱酒吧见面。

周文开了瓶威士忌，给唐婷婷倒上，两人边喝边聊，他急着要知道那笔钱怎么处理了，要是"猪头"来个戴罪立功，自己迟早要被这颗定时炸弹炸死，想到这儿酒敬得更殷勤。这地方是闹吧，不是一般的吵，DJ把青春躁动的音乐开得震天响，想要说个话还要贴着对方耳朵。

唐婷婷一直闪烁其词，一会儿说"猪头"怎么样怎么样无趣，一会儿又说自己怎么样怎么样孤独。两人你一句我一句，你一杯我一杯，一会儿脸就贴在了一起。酒吧的音乐伴着挥发的酒精，两人热吻起来。不过在这里，一对男女在一起不亲吻才奇怪呢。

第二天，在离酒吧不远的高星级宾馆大床上，唐婷婷满脸惬意地搂着周文，凑着他耳朵悄悄地说："那晚他喝多了，说是和你单独见的面,黑色马甲袋也随手扔在客厅地上,没打开来看过。"周文听着,竖着耳朵听着,"然后,我就把钱拿走了,反正他自己都不清楚谁给的,给多少,他又不需要花钱的。"唐婷婷还没说完,周文翻过身子猛地跨了上去。

压在心头一年多的石头一朝被搬开,他要发泄,好好发泄。

最近眼镜老徐老是感冒,虽然自己天天练吐纳,有时候还是会一口气提不上来。他知道自己这是长期疲劳,实在太累需要休息。徐母从香港回来后,在申城稍住几天就回齐鲁大儿子家去了,老太太急着要帮徐余春出主意,复建祖宅。袁彩云隔个一两个月回来住上一周,陪陪眼镜老徐。三个女儿都在香港读书,徐家小妹也在香港找了份工作和她们住在一起,顺便帮忙照看孩子。

凌主任又过了好几个月才同意眼镜老徐的休假,期间,医院职称评定委员会聘任殷衡和徐余庆等为主任医师。

十八大召开后,殷衡更忙了,一直开会、出差,回来后还要上手术、看专家门诊,三天两头不着家。最近又要三级医院等级复评审,一大堆事情等着他。

最近市卫生局鼓励大家搞联合体,就是市级医院、区级医院和几家社区卫生服务中心一体化运行管理,将优质卫生资源共享共建。殷衡的想法是，要建就真的实实在在地建，不是做做样子、挂个牌子，派几个专家去兼个职看几次专家门诊，还每年收取几百万的管理费。

殷衡很花力气地做了一个方案，准备以托管的形式先把医联体的各方责任理清楚，用信息化手段统筹专家资源、床位资源和辅助检查等资源，再派遣专家教授作为制度性安排定期为基层服务。

医院班子很快就同意了这个方案，申城北片区的医联体正式成立。在市卫生局和区卫生局的见证下，举行了签约仪式。

那天，季萌说要带着女儿去趟香港，看看袁彩云和她的三个女儿去。眼镜老徐和殷衡两人说好也要一起去的，可一拖就半年，看来是凑不到一起了。陈阿姨不肯去，说是要筹备女儿的婚礼，季萌临走时塞了个厚厚的大红包给她。

季萌在机场出口处见袁彩云招手，两人见面很是兴奋。袁彩云一手去拉子祺，一手帮忙提行李。三人到停车场拿了车开往荃湾永顺街的家里。这里的房子面积不算很大，和申城住的房子面积差不多，不过房间挺多，有五室三厅。

晚上子祺吵着要和双胞胎姐妹住一个房间，季萌答应了。一会儿，子祺又悄悄过来说："妈妈，她们两个老是用英语交流，我不习惯，还是和大姐姐睡一起吧。"其实，子祺平时讲着一口吴语，双胞胎姐妹也是听不懂的。袁彩云听到了，就走到双胞胎姐妹房间，严肃地告诉她俩，在家不许说洋文。

这几天，袁彩云和季萌带着四个女孩子一起逛海洋公园、迪士尼，还去了大澳渔村，女孩子们玩在一起吃在一起，处得很融洽，大姐姐一直照顾着双胞胎妹妹和子祺。那天晚上，子祺站在太平山顶望着维多利亚港的时候，对着妈妈说："我想河湾的爷爷奶奶了，我想爸爸了。"说完哭了起来。季萌看着闪烁、妩媚的维多利亚港，也想起了河湾。

每个人心里都有一个属于自己的港湾，或大或小，或璀璨或宁静，可以停靠可以休憩。

圣诞节到了，香港的街头热闹非凡，袁彩云和小妹一起给小朋友们采购了很多礼物，准备圣诞夜送给大家。

子祺发脾气是所有大人都没有预料到的，她什么都不肯要，就吵着要回家。季萌有点火了，想着女儿怎么跟自己的父亲一个犟脾气，十头牛都拉不回来，就把女儿拉到旁边连哄带骗地说："这是在阿姨香港的家里，你不可以不讲礼貌，我们这两天就回家去过春节。"子祺哭丧着脸不开心。一会儿大姐姐过来陪子祺到自己房间去了，整个下午都没出来。

晚饭的时候，子祺又像没事了似的和姐姐妹妹们玩在一起，吃得也很开心。交换礼物的时候，子祺冲进大姐姐房间，拿出一叠美工纸送给大家，每个人都有，包括家里的保姆。每张纸上都认认真真地用软笔画着画。季萌拿着一看，是河湾的四季景色，有河塘边老柳树，有石拱桥，有河边青石台阶，还有浮在水面的鸭子，每张一景，还很认真地提了字，写着"扬之水—河湾"，然后很自豪地告诉大家："这字是爸爸写给我的。"大家都很开心，唯独袁彩云有点心事。

等孩子们都睡着以后，袁彩云对躺在旁边的季萌说："我想带孩子们回家，回申城去，回到余庆身边。"季萌很惊讶忙问："为什么呀？"

"我看到子祺和她的画，还有她的一口吴语，我真的很羡慕你们，一家人在一起才是最幸福的。"袁彩云说到做到了。春节后，她带着三个女儿回到了申城，回到了眼镜老徐的身边。

第四十七章

徐余秋承接了徐庄的设计项目。在方圆500多亩的土地上规划了五个主题，中间是徐家老宅，正前方是大广场和古戏台。四周边是十几栋复古的村居，用作宾馆住宿。老宅后面是齐鲁文化展示厅，两层，面积很大；厅的东西两边是汉风唐韵的教室。北面有个大院子，里面假山修林，步道相间。西北角靠河边是古墓群，那些石碑墓牌也已找回来大部分了。

徐母和几个老辈们看了好几遍设计，都觉得可以。最后大堂兄徐余春说，那些残砖断瓦每一块都要用，施工的时候全都砌进去。设计方案确定后，紧锣密鼓地开始施工，徐家几个兄弟都一心扑在了工程上。

唐婷婷去长阳路探监，手里拿着律师起草的房屋买卖授权委托书。朱晓东见面就问："我爸妈特地从金陵过来看孙子，你为啥不让他们见面呢？"

唐婷婷说："你只要在这份委托书上签字，他们爱怎么看就怎么看，想带回金陵去也可以。"

朱晓东拿起笔看都没看就签了，抬头告诉唐婷婷："你说话要算数。"这次探监时间很短。

家属大院的那套房子卖了。季萌通过中介买了下来，还私下多付给了业务员2万元。

周文联系眼镜老徐要见面商量医药公司的事情。殷衡实在抽不开身，就让季萌去。周文见季萌在，有点不自然。

眼镜老徐问："最近生意怎么样？"

周文回答说："公司运行不错，有件事情想找你商量。最近在洽谈机器人手术平台代理，对方对代理商的资质要求很高，公司注册资本金恐怕不够。"

眼镜老徐问："公司账上的盈余部分可以转资本金吗？"

周文说："转是可以，不过股东们要等比例投入的。"

眼镜老徐说道："股东不就是袁彩云、季萌、你和经营团队吗？"

周文深吸了一口气说："不是，就袁彩云、季萌和我三个人。"原来说好要给经营团队20%的股权，周文用抽屉协议的形式，又全部签回给了他自己。事实上，医药公司的股权周文已经是36%，袁彩云40%、季萌24%。

周文说道："季萌要不要退股？"

季萌马上站了起来说:"我为什么要退股啊?"

周文显然已经做足了功课,他双眼看着眼镜老徐说:"现在所有领导干部的财产都要登记申报,殷衡院长也要申报。徐哥,政策你应该也是知道的,季萌持有的股权最好提前处理掉。"

眼镜老徐没想到周文今天来找自己商量,真正的目的很明确就是调整掉季萌的股权,他想着要控股医药公司。

季萌觉得很生气,心想周文背后居然做了这些小动作,实在太过分,大不了自己收购周文的股权。可又一想殷衡是副院长,领导干部亲属不得经商办企业,中央和市里有明文规定的,这个无法通融。

眼镜老徐皱起了眉头,好一会儿才开口说道:"周文,你有什么好的办法吗?"

周文直截了当地说:"公司资产评估一下,我和袁彩云按比例收购季萌的股权,你看可以吗?"

眼镜老徐说要和袁彩云商量一下,这几天就给周文答复。

几天后,眼镜老徐同意周文全部收购季萌的股权。医药公司变更股权周文占60%,绝对控股。六个月后,眼镜老徐主动和周文商量,袁彩云出让全部股权。

唐婷婷一直在申请移民,已经在加拿大温哥华白石镇买了一栋小别墅,每年要去蹲"移民监"。答应朱晓东的事情在他卖了房子后就兑现了,将儿子送到金陵去了。她和周文也会不定期约会,还在那家酒店,只是一直催着周文快离婚,和她一起办移民。

殷六已经是罗汉酒厂的董事长了。周末,他邀请殷衡和眼镜老徐全家去酒厂看看。袁彩云开了辆商务车,跟在季萌的越野车后面,一路开向河湾。

河湾的水又清澈了,子祺拉着双胞胎姐妹一路狂奔,去看爷爷奶奶养的大白鹅。硕大的雄鹅见到陌生人靠近,护着一群雌鹅小鹅,拼命冲过来,追着人要啄。等那群鹅都"扑棱扑棱"地下河游远后,那只雄鹅才晃晃悠悠地下水游过去,还不停地竖着长长的脖子"赣赣"地冲着人叫。

小伙伴们见到了子祺画上的河湾"扬之水"。

殷六陪着大家聊天,他告诉殷衡:"冬天河道清淤的时候,咱河湾入口的地方有两道水闸遗迹,市里面专家说是古代用来关闭河湾的石槽,大旱时节可以用来下门板蓄水。"殷衡听了不无感慨地说:"咱老祖宗真能替子孙后代着想啊。"

殷母去田间地头砍了一大捆甜芦粟,殷父一节节地切好,放到竹篮子里,拎过去给小朋友们吃。小主人子祺耐心地教姐姐妹妹们。她张开小嘴用门牙咬住甜芦粟顶端的外皮,小心翼翼地往下拉,全部拉完后,一口咬下去甘甜爽口,满嘴都是汁水,小姑娘们嘴小兜不住,急着要去擦嘴角。季父开心地大笑,一把抱住子祺,对着孩子们说:"这甜芦粟啊,我们这里家家户户都种，能清热解毒，治百病。以前郎中走街串巷，见到这甜芦粟就绕道走了，你们知道为什么啊？"双胞胎听不懂就问："爷爷，爷爷，郎中是什么啊，郎中是什么啊？"季母谐趣地指着殷衡和眼镜老徐说："郎中呀，就是你们的爸爸啊。"天井里笑语不断。

殷家宅二十公里外的国际游乐园已经动工了。

这几年，殷家宅的青年们大多去了市区，剩下些老的老、病的病。前几年河道污染，得恶性肿瘤的又去世了好些个，人丁不旺。好在河湾几十户人家的宅基地、老宅子没在动拆迁范围。殷六想着要和殷衡商量，能不能学学人家搞民宿，统一管理起来，既保护又开发。殷衡觉得这思路可行，相信几位老人也会同意的。

晚上一起吃饭的时候，殷六和季父、殷父商量。老人们现在也想开了，看开了，想着孩子们平时都很忙，自己一大把年纪了也搭不上手帮不了忙，不给小辈们添麻烦已是万幸了，趁着还能生活自理的，就继续住在这殷家宅里，真的不能自理了，这些老宅子真是没人打扫清理。他们也觉得可以试试的。

后来，殷六以罗汉酒厂的名义与村民签约托管，进行规划、改造。乡村民宿的想法，慢慢地变成现实。

第四十八章

又到一年高考季。周文的爱人比女儿还紧张,平时轻声细语、嘘寒问暖,准备好各种食材和营养品。女儿周谧从小很乖,内向,各科成绩都很优秀,从小到大在年级里也是名列前茅,只不过平时不大喜欢参加班级活动,属于天天捧着书本的那类乖学生。

市重点高中功课很多,小姑娘课外补课也不是很多,顶多暑假去报个提高班上上。周文一直在外面忙,出差、开会、应酬很多,平时都是自己爱人管着。女儿平时一直说想要考北清复交四大名校,班主任在家长会后,和周文爱人私聊时觉得希望蛮大的。

周谧最近几个月月经不是很正常,周文爱人已经准备好了安宫黄体酮(甲孕酮),拿不定主意,不知道要不要给她吃。高考第二天清晨临出门,周谧来月经了,有点神经质地叫了起来:"怎么回事、怎么回事啊?"周文爱人马上拿出药来给女儿服下,连连安慰女儿说:"没事,没事。"

其实这药提前一周口服就没事了。周文爱人又不是很懂,这两天周文天天泡在外面也不回来,没顾上问这事。

考场上,周谧服药后出现了恶心、呕吐、头痛等副作用,最自信的英语听力部分考砸了,虽然坚持到了最后,发挥失常已是板上钉钉。小姑娘一肚子委屈,等回家告诉了母亲。周文爱人一听傻眼了。

高考放榜出来,别说四大名校,连一本都没进。

周文喝了酒回家,见一向引以为豪的女儿躲在房间哭,一看成绩单考这么差。就质问起爱人:"你怎么回事啊,天天待在家里,连女儿都照顾不好。"他爱人这几年也是憋了一肚子火,彻底被点燃了。两人拼命吵架,似要把这辈子积攒的怨气都发泄出来。

十五分钟后,门铃响起,还伴有剧烈的敲门声,周文气哼哼地去开门。小区邻居阿姨慌慌张张地说:"小姑娘、小姑娘跳楼了。"周文一脚踹开女儿房门,只见窗户开着,房间里哪还有人。周谧跳楼自杀身亡。

近年来,每年申城学生的自杀人数一直在两位数以上。

暑假里,徐庄民族民俗文化基地迎来了竣工的日子。

没有张灯结彩,也没有敲锣打鼓。一群从各地拖家带口回来的徐庄儿女们,其中也有眼镜老徐一家。他们只是庄严肃穆地在讲解员的带领下集体参观了文化教育基地,瞻仰了徐家祖坟。眼镜老徐已把这些年收藏的老物件从"神仙会"运了回来,存放在展示厅的地下室。

　　文化展示的主题是以徐庄为缩影,通过实物、图片、多媒体、场景复原等多种形式,全面展示了齐鲁大地上人民的社会生活百态百业,体现了先辈们聪明智慧、奋斗精神和家国情怀。这里不再是复原后的徐家老宅、徐庄老村和徐家祖坟,这里已是徐家儿女们、齐鲁子孙们的灵魂家园。

　　柏拉图说,人的灵魂来自一个完美的家园,那里没有我们这个世界上任何的污秽和丑陋,只有纯净和美丽。灵魂离开了家园,来到这个世界,漂泊了很久,寄居在一个躯壳里面,它忘记了自己是从哪里来的,也忘记了家乡的一切。但每当它看到、听到或感受到这世界上一切美好的事物时,它就会不由自主地感动,它就觉得非常舒畅和亲切。它知道那些美好的东西,来自它的故园,那似曾相识的纯净和美好唤醒了它的记忆。于是它的一生都极力地追寻着那种回忆的感觉,不断地朝自己的故乡跋涉。人的生命历程就是灵魂寻找它的美丽。

　　周边的孩子、老人们有有组织地,也有自发地,纷纷前来参观。

　　林斌书记带着家人也过来了,他的外婆姓徐,是徐庄嫁出去的。林斌拉着大堂兄徐余春的手说:"我们一开始谈合作的时候，我心里虽有私心，但更多的是顾虑。各地大兴土木搞祠堂、搞家庙。今天您徐董事长建的是文化教育基地，展示的是传统文化，弘扬的是民族精神，我放心了，也真心感激您。"

眼镜老徐被殷衡催着回了申城，说有事要见面聊。

袁彩云把三个孩子都留在徐庄过暑假，让她们在这里看看书、练练书法、听听讲座。孩子们有奶奶和大伯父看管，也放心。自己陪着爱人回来了。

子祺在殷家宅和爷爷奶奶一起过暑假，说是要看着母羊下崽，过两周再回来。季萌自己在家很用心思地烧了一桌子菜，等着徐家夫妇过来。一会儿，殷衡从外面兴冲冲地提着一竹篓螃蟹回来，进门就喊："季萌、季萌、六月黄、六月黄。"季萌笑呵呵接了过去。

傍晚时分，徐家夫妇提了一大袋子白馍进来。袁彩云进厨房对着季萌说："你家殷衡喜欢吃齐鲁的白馍，不用煮饭了，就蒸着这个吧。"然后帮起忙来。

眼镜老徐走进书房问："啥事情这么神秘，非要见面聊啊。"

殷衡笑着说："想和你喝两杯呀。"然后去把门关好，一脸凝重地说："徐哥，还是你看得远、想得周到。中央反腐的决心和力度很大，有几家医院出事了。"

"是不是医药贿赂的事情啊？"眼镜老徐问。殷衡点点头说："卫生系统主要是集中在高值耗材和进口医疗器械的商业贿赂，有几个大牌专家被请进检察院谈话了。"

"周文的医疗公司没事吧？"眼镜老徐说，"我后来听你的，把彩云和季萌她们两人的股权全部给退了，退得干干净净。"

"有个案件和周文有关，具体不清楚。"殷衡说，"听说周文去加拿大了，短期内不会回来了，公司账户也被冻结了。"

两人对视了一下，觉得很惋惜也很庆幸。

殷衡找了一瓶十五年陈酿罗汉酒，对眼镜老徐说："这瓶酒已经放了好多年了，咱们今天把它消灭啰。"

四个人围着桌子一起吃饭，袁彩云也说要喝酒，给季萌和自己倒了半杯。那陈年老酒打开后只剩下七八两了，黄色透明的液体稠稠地粘在玻璃酒杯中，散发出浓浓的香气。

四人聊起医药公司的事情，也聊起了周文和他跳楼的女儿，心情很复杂。季萌说："徐哥，你后来怎么想着要把股权全部转让给周文了呢？"

眼镜老徐说："这个你要让殷衡说，是他坚决要退干净的，其实当时我对彩云退股还是有保留意见的。"

大家都看着殷衡，殷衡谈了自己的想法。他认为医疗行业商业贿赂由来已久，从大的方面说是体制性的，医药不分家，临床医生选择药品和医疗器械的自主性很大。医疗市场化以后商业行为充斥诊疗全过程。从人性方面讲，"人之初、性本私"。很多医生甚至专家教授缺乏自律，只顾利益，譬如朱晓东，手握基建和采购大权，有多少人天天围着他转，他收受贿赂没觉得不道德。还有就是老百姓的传统观念，"厚葬"思想根深蒂固，看病就医也是的，都晚期绝症了，宁可倾家荡产甚至背着债，也要盲目治疗，很不理性。我们的行业太需要完善法治、更新观念了。

第四十九章

殷衡的想法引起了很大的共鸣。袁彩云接过话说:"殷衡讲得一点没错,我娘家村庄里,父母生了重病不去大医院找大专家看,村里人会骂不孝顺的。还有,人死为大,葬礼越办越奢侈。"

季萌也说:"其实,欧美经济很发达,医疗技术也很先进,可民众的消费没我们冲动。现在世界上最高端、最先进的医疗设备都往我们国家卖,他们自己怎么不用啊?还有,我同事说在美国欧洲申请做胃镜要排队等候一个月,在申城要是等上三天,家属不去投诉才怪呢。"

袁彩云和季萌你一句我一句,讲了好多身边的事情。眼镜老徐一直没插话,静静地听着。

殷衡回过头看着他说:"徐哥,我们俩都在体制内,清楚为啥医生一会儿变白衣天使,一会儿又变白狼,因为很多社会矛盾都转嫁过来了。自费费用的分摊、家庭轮流的陪护还有夫妻子女之间的矛盾,都在医院病房、门急诊和医护人员周边演绎。"

殷衡说完后,大家都沉思起来。季萌觉得话题太严肃了,忙用公筷给大家夹菜。殷衡没动筷子,意犹未尽继续说:"我相信绝大部分的医生还是有道德的,在坚守底线面前能战胜自我,至少我绝对能做到。"说完这句话自顾自喝了一杯。

眼镜老徐终于开口说话了:"厚德载物,周文的德不够,所以我和殷衡坚决和他在生意上一刀两断。不过话又说回来,他还是讲义气的,在资产评估上没做手脚。"季萌点了点头。

眼镜老徐说:"今天大家都在,我还想多说几句。殷衡是个纯粹的人,啃着淡馒头想着兼济天下,我很佩服他这点,所以我敬重他。可是我做哥哥的可不能太超脱,否则老婆孩子都喝西北风去啊!"

大家听着笑了,眼镜老徐继续说:"医药公司退出来的资金,我想让袁彩云去成立一家投资公司,让她和季萌两人去运作,投资一些有自主创新能力的实体企业,一级市场、二级市场都可以。我建议是做熟不做生,在生物医药行业内找高端制造国产替代的企业,这样我和殷衡也可以给你们做些参考。"

殷衡补充道:"季萌那天讲起外资医药公司的市场公关策略,我觉得很可怕。正好抓住反腐倡廉和新一轮科技革命的机遇,用资本的力量来推动国内医疗设备高端制造业,打破国外垄断,降低医疗费用支出。"

季萌端起酒杯站起来兴奋地说:"这口气我已经憋了好多年了,我下周就辞职,跟着袁姐一起干。"四个人都站起来,把杯中酒一饮而尽。

大家一起动手吃起了六月黄。

今晚季萌的脸色特别红润,不只是因为喝了酒的缘故,是终于找到自己用武之地后的喜悦。

眼镜老徐的脸色有些苍白,酒量也差了些。不过,他没让袁彩云扶着,自己摇摇晃晃地走回了家。

投资公司不久正式成立。袁彩云任董事长,季萌出任总裁。

秃头老吴居然出现在袁彩云董事长的办公室。他打手机给眼镜老徐,没接;又打电话给殷衡,手术室巡回护士说:"殷院长在手术台上,结束后给您回电。"秃头老吴掐指一算,这次不应该见不着他们两位的呀。一会儿接到了季萌打来的电话,季萌说:"吴老师,您下午有空到陆家嘴投资公司来坐坐吗?我和彩云姐都在呢,殷衡说晚上要陪您聊聊天。"

投资公司董事长办公室里,袁彩云和季萌接待了秃头老吴。袁彩云平时不大去公司,公司由季萌一手在打理。今天正好过来参加个战略投资会议,准备在两家一级市场布局。秃头老吴的到来,让她兴奋不已,一定要秃头老吴帮忙看看公司的风水。

秃头老吴倒也是有趣，开口就说她俩的办公室坐错了，应该对调一下。袁彩云听完马上叫来办公室的秘书说："快快，帮我把东西整理一下，搬到季总裁办公室去。"季萌有点尴尬，彩云却很高兴。

晚上，季萌载着秃头老吴和袁彩云一起回到了小区门口"神仙会"。殷衡一会儿就到了，拉着秃头老吴的手热情地问："老同学，最近忙啥啊？"

秃头老吴瞪着眼睛说："今天和港台的两位同行切磋了一下。"

殷衡哈哈大笑："你们这个圈子也要切磋技艺啊？"

其实下午他被申城的某位市领导专门请去了，同去的还有两位来自港台的同行。领导开门见山问三位，自己的政治命运如何？港台的同行说有点小问题，要好好化解一下。秃头老吴心想："这哪是小问题啊，牢狱之灾呐。"吓得没敢说出来，就支支吾吾地顺着两位同行的说法混过去了。结束后，他推掉了晚上的宴请，专门来看看老朋友。这次他来申城是最空闲的。

眼镜老徐很晚才到，说是有个患者病情很复杂一时下不了手术，后来请凌教授赶过来帮忙才结束，具体也没展开。他见到秃头老吴异常高兴，举起酒杯就敬。

秃头老吴今晚不但没说只喝一杯，还主动要酒，点名喝殷家宅的罗汉陈酿,他想给自己压压惊。几杯下肚想起什么了,就去找那个从不离身的黑包,翻出一块极温润的和田玉观音牌子递给眼镜老徐,很郑重地说:"徐哥,我送您的,一定要带在身边,消灾免难,保佑平安。"眼镜老徐很感激地收下了。

而后,秃头老吴举起一杯酒敬袁彩云和季萌说道:"两位合作一定会旗开得胜,生意兴隆。要做熟不做生、做长线不做短线、赚慢钱不赚快钱。"说完咕咚一下干了杯中酒。

那晚,秃头老吴又喝多了。

半年后,那位请秃头老吴看风水测命运的市领导被中纪委带走了。

第五十章

郭山在美国联系殷衡，约好晚上七点微信通话。两人一直聊到半夜才结束，殷衡走出书房时，季萌和子祺已经睡熟了。

他俩聊起了去年的股灾。郭山问："眼镜老徐损失大不大？听说很多中产被消灭了。"殷衡告诉他："眼镜老徐的资产大部分交给袁彩云的投资公司在做一级市场的投资，去年股市没进去。齐鲁地产的资金吵着要想进股市，也被他一票否决野蛮地拦下。他自己在股市里的钱，本来赚到收手了，后来去为国护盘，也都输在了三个熔断上，不过没亏掉老本。齐鲁地产的那帮兄弟，现在对他佩服得五体投地，像神一样供着。"

郭山笑着说："徐哥真牛。不过，我导师的话还真的被印证，金融战争比实体战更血腥。"

他俩聊起了信息科技革命。郭山说："现在欧美很害怕国内的信息科技革命,大有超越和领先全球的趋势。"殷衡也很感叹:"现在国内互联网时代已经全面来临,各行各业走信息化、大数据的路子,最近我也在搞智慧医院、云医院。季萌已经一年多没去超市了,网上订好货直接送到家,还能送到殷家宅,确实改变了传统的生活方式。"殷衡相信信息科技的力量,还为之倾注了很多精力。

他俩聊起了计划生育政策。郭山问:"老同学,你还生二胎吗?"殷衡思索了一会儿说:"上次我母亲和岳母也私下问过我和季萌,不过我们俩还是想法一致的。想生的时候,政策不允许,现在政策放开了,年纪也大了,我们学医的顾虑更多些,怕万一孩子有'质量问题',不是给家庭和社会添负担嘛。"说完呵呵笑,笑得有点无奈。

他俩聊起了景宫。郭山说:"景宫的导师在学术上造假,发表的论文全部被撤了下来,实验室也解散了。"

"那她后来怎么样了?"殷衡关心地问道。

郭山说:"后来去了法国的一家生物医药公司。她说出国这么多年了,国内发展实在太快,生活节奏也太快,已经不敢回来了,听说她父母也去了法国。"

殷衡问:"她结婚了吗?"

郭山回道:"没听说。"

他们还聊起了秃头老吴。殷衡说:"秃头老吴前几天来申城,我们一起喝了次酒。他神神叨叨的还挺招人待见。"

郭山说："国外这类人也很多的，信则有、不信则无。"

殷衡笑着说："这也算是中华文化中的另类吧，不过古代医巫不分家的，医生往往兼用巫术治病。只要有医学科学无法解决的问题，就会有他们的市场。"

他们还聊起了班主任秦正明。殷衡告诉郭山，秦老师已经回医大任党委副书记了。他们俩想到一块儿去了，真想再听一次秦老师的演讲。

……

两人第一次聊了这么多，也许是通过微信网络，见如不见。

接到眼镜老徐住院抢救消息时，殷衡还在京城开会。他趁着会议休息间隙，跑到电梯口给内科主任打了个电话，主任说："殷院长，徐主任的病情很危重，他给病人做介入治疗这么多年，身体长期暴露在X射线下，机体免疫力极差，正常值白细胞是4000—10000/ml，他今天检查出来只有800/ml，已经送进无菌隔离病房防止感染，升高白细胞的药也已经用上了。我们会尽全力救治的，请放心。"殷衡一听，这怎么能放心呢，会后赶着当天最后一班飞机，飞回了申城。

隔离病房很安静，眼镜老徐打着点滴安静地睡着了。

殷衡站在病房外面，看见袁彩云斜斜地坐在一排蓝色塑料椅子边上也睡着了，眼角还有泪痕。他让护士拿了条毛毯给她披上，自己透过玻璃窗看着，眼镜老徐摘下的眼镜放在床旁柜上，还是那副厚厚的玻璃近视镜片，没有换成轻巧的树脂片，也没有镀膜。心电监护仪上闪烁的曲线和指标，没有报警，殷衡稍安心了些。

直到这一刻，殷衡忽然间明白了，其实老徐一直是自己心中的那块碣石。

秋风秋雨中，季父来到了医院。在亲眼见到电镀厂老板公开宣判后，季父清楚自己也快要走到生命的尽头了，不过心里还惦记着有件事没办完。他要亲自去病房看看徐余庆，自己女婿的好兄弟。

殷六推着轮椅陪他过来，到隔离病房窗口，季父被搀扶着慢慢地站了起来，透过玻璃窗，一动不动地盯着躺在床上的眼镜老徐。眼镜老徐也睁着眼睛盯着他看，他俩好像在用眼神说话。

季父走前摸了摸三个姑娘的头，对着袁彩云说："好人呐，好人呐。"然后让殷六直接开车把他送回殷家宅。当晚，他在自己的床上过世了，走得很安详。

殷家宅的男女老幼都来送行，罗汉酒厂的职工们也都来送行。季萌哭晕过去好多次，袁彩云陪着劝着。季母一直默默地坐在季父的身边，她相信季父还没走，还有话要跟她说，相依相守了几十年习惯了。直到工作人员将季父的尸体接走时，季母突然间号啕大哭，拼命拉着季父的手不放，她也要陪着一起去。

殷衡亲手操办了葬礼，他是女婿，更是儿子。

那年冬至，季父被安葬在了临海边的公墓里，继续守护着河湾。

眼镜老徐的病情一直反复，感染还是发生了，已经输了好几次血。徐家兄弟轮流守候在病房门口，袁彩云陪着徐母天天过来。殷衡一有空就过来转一圈，下班就进去坐一会儿。

这天，殷衡穿着隔离服进去看他时，眼镜老徐勉强地笑了一下对殷衡说："兄弟，这次我估计真的不行了，不要再抢救了，我自己知道的。"殷衡握住他瘦骨嶙峋的手，满是眼泪，满心想说的话一句也说不出来。

眼镜老徐最后说："能倒在手术台上是我的命，也是我的梦。"

三天后，介入科主任徐余庆医师英年早逝，年仅46岁。

医院破例举行全院哀悼仪式，全体员工默哀三分钟。

全国每年有上千名医护人员倒在了自己热爱的岗位上，与病魔战斗的天使，天天在折翼。

第二年，金陵医大应届生毕业招聘专场。医院人事处长跑过来说:"殷院长,有个学生非常优秀,也是我们这次面试最看好的学生,可是……"殷衡说:"这个还有什么可是的,录用就是了呀。"人事处长忙说:"她是个女学生,一定要做外科医生,说签约合同上要写死,否则她不同意来咱们医院。"殷衡想想说道:"做外科女医生也不是没有,整形科、妇产科都可以去。"人事处长吞吞吐吐地说:"她右脚残疾,截了半个脚面,恐怕不适合外科医生长时间站立。"殷衡一听,马上拉着人事处长说:"走,见见去。"

袁彩云在整理"神仙会"的东西时,打开橱柜赫然看见那块玉观音,静静地挂在木摆件架子上,下面压了一张纸,写着"祸福自求"。

过了明天就是庚子鼠年春节了。

季萌带着子祺已经回殷家宅了,帮着老人们筹备祭祖过新年,等着殷衡大年夜回家一起吃团圆饭。袁彩云带着女儿们去了徐庄。今年大堂兄徐余春说了,徐家人要全住在徐庄宾馆,大家一起吃年夜饭听吕剧。

2020年1月23日上午10点,武汉按下了暂停键,封城。

次日,距离武汉834公里的申城,殷衡的手机响了,沙萍书记来电命令:立即启动医院一级应急响应。

60分钟后,第一批医疗队131人全部整装,同时各类物资保障到位。这次物资中准备了大量的隔离服和纸尿裤。晚上,殷衡再次作为医疗队队长,大家戴着口罩,白衣执甲,义无反顾地逆行踏上了援鄂抗疫的战场。

"刑天舞干戚,猛志固常在。"他们曾经被称为天使、战士,如今又多了一个名字——"逆行者"。

后 记

庚子年春节,新冠肺炎疫情肆虐。全国各大医院抽调了大批医护人员逆行援鄂,也包括我居住的城市。

这是一群"提笔安天下,上马定乾坤"的白衣战士。他们已经不知道第几回告别家人踏上征程,也不知道离开后什么时候回来、能不能回来;在手机里、微信中、媒体上偶尔会寻见他们熟悉的背影,感受到他们视死如归的精神。

我来自这个群体,长期和他们工作、生活、战斗在一起,他们的出征让我既羡慕又担忧。由于工作岗位变动的原因,这次我没能和他们一起出征很遗憾。既然无法闻战而动,就得抒发难以平抑的求战情绪,思来想去我只有选择用自己稚嫩的笔来书写他们、讴歌他们。《河湾里》就是在这样的心情下,三周内一口气写出来的,得到了家人和朋友们的鼓励,也有了想出版的念头。

这是我第一次写文学小说,和以往写病历、写论文很不一样。有很多想要表达的思想、想要叙述的故事,落笔时会踌躇不定,真的比拿手术刀还难。由于没有写作的经验,不到之处也请各位读者谅解。

中华民族绵延至今数千年，历经过无数大灾大难，迄今能屹立不倒，是因为我们的民族有着优秀文化的传承和家国情怀的托举，凝结在每个华夏儿女血脉里，犹如碣石般坚毅。

《河湾里》讲述了一群植根于中国传统文化，又受到改革开放洗礼的青年男女的从医之路。在时代大背景下，以东部沿海和中原大地的乡土人文为背景，叙说了他们共同成长、历练、工作的经历，以及对于爱情、生活方向的种种抉择，各自走向不同的人生结局。

故事以河湾的殷衡，齐鲁的徐余庆，杭城的老吴，金陵的童晓、朱晓东、景宫等为主要人物，讲述了他们为理想奋斗的道路中的爱恨情仇。

他们中，有人选择一路前行，有人选择先家后业，也有人选择权力、金钱、欲望。

他们中，有为救小女孩牺牲生命的，有为救病患倒在手术台上的，也有为抗击灾情奉献大爱的。

他们中，有为爱情迷失精神的，有为金钱使良知渐行渐远的，也有为私利背弃道义的。

故事讲述的是我们身边普通人的现实生活，同时揭露了市场经济发展、完善过程中的各种社会矛盾，展现了如主人公殷衡一样的白衣战士们无私无畏和革命的人道主义精神。

传说中的碣石只为托物明志，代表着全国一千多万的卫生工作者，也代表着一代代优秀的华夏儿女，从守护村落、家人，到守护人民、国家的情怀。他们都是生命的碣石，他们都奉献着自己的大爱，他们都有"为天地立心，为生民立命"的浩然正气。

交稿时，正值援鄂医疗队陆续返回各自的城市。他们不能直接回家和妻儿父母相聚，还需要在定点宾馆隔离两周。这期间，又有多支医疗队告别家人、携带物资，从全国各地起飞奔赴海外疫区开展救治。协和万邦、跨越国界、国际救助也是他们的使命和担当。

看着他们每次告别、出征、凯旋，今天的我犹如家人般静静地守望着。

```
图书在版编目（CIP）数据

河湾里/园歌著.-上海：上海文艺出版社.2020（2021.3重印）
ISBN 978-7-5321-7689-2
①河… Ⅱ.①园… Ⅲ.①长篇小说－中国－当代
Ⅳ.①I247.5
中国版本图书馆CIP数据核字(2020)第107870号
```

发 行 人：毕　胜
责任编辑：汪冬梅
整体设计：袁银昌平面设计工作室　李　静

书　　名：河湾里
作　　者：园　歌
出　　版：上海世纪出版集团　　上海文艺出版社
地　　址：上海绍兴路7号　200020
发　　行：上海文艺出版社发行中心
　　　　　上海市绍兴路50号　200020　www.ewen.co
印　　刷：上海中华印刷有限公司
开　　本：889×1194　1/32
印　　张：8.75
插　　页：8
字　　数：165,000
印　　次：2020年7月第1版　2021年3月第2次印刷
Ｉ Ｓ Ｂ Ｎ：978-7-5321-7689-2/I・6111
定　　价：48.70元
告 读 者：如发现本书有质量问题请与印刷厂质量科联系　T:021-69213456